U0375918

北京大学新中国留华校友口述实录　丛书

夏红卫　孔寒冰　主编

与中国结缘

尾崎文昭、西川优子口述

吴晓东　陈晓兰　采访整理

北京大学出版社
PEKING UNIVERSITY PRESS

图书在版编目（CIP）数据

与中国结缘：尾崎文昭、西川优子口述 / 吴晓东，陈晓兰采访整理 . — 北京：北京大学出版社，2019.6

（北京大学新中国留华校友口述实录丛书）

ISBN 978-7-301-30266-8

I . ①与 … II . ①吴 … ②陈 … III . ①中国文学—现代文学—文学研究 ②中国文学—当代文学—文学研究 IV . ① I206.6

中国版本图书馆 CIP 数据核字（2019）第 033931 号

书　　名	与中国结缘：尾崎文昭、西川优子口述 YU ZHONGGUO JIEYUAN: WEIQIWENZHAO、XICHUANYOUZI KOUSHU
著作责任者	吴晓东　陈晓兰　采访整理
责任编辑	李冶威
标准书号	ISBN 978-7-301-30266-8
出版发行	北京大学出版社
地　　址	北京市海淀区成府路 205 号　100871
网　　址	http://www.pup.cn　新浪微博：@ 北京大学出版社　@ 培文图书
电子信箱	pw@pup.pku.edu.cn
电　　话	邮购部 010-62752015　发行部 010-62750672 编辑部 010-62750883
印 刷 者	北京市松源印刷有限公司
经 销 者	新华书店 889 毫米 ×1194 毫米　32 开本　8.125 印张　200 千字 2019 年 6 月第 1 版　2019 年 6 月第 1 次印刷
定　　价	58.00 元（精装）

“北京大学新中国留华校友口述实录丛书”编委会

“北京大学新中国留华校友口述实录丛书”总序

在几千年的文明发展进程中，中华民族形成了开放包容、和谐共生的文化传统。作为中国近代第一所国立大学，近一百二十年来，北京大学厚植中华文明沃土，饱览时代风云变幻，积极致力于“东学西渐”和“西学东渐”，以开阔的视野和胸襟，为生于斯、长于斯的中华民族，也为人类命运共同体培养了一大批优秀人才，在中外关系特别是人文交流方面做出了巨大贡献。

1952 年 9 月，“东欧交换生中国语文专修班”的 14 名外国留学生调整到北京大学，标志着中华人民共和国成立后外国留学生留学北大的开始，六十多年来，北京大学已经培养了 9 万多名各种层次的国际学生，他们遍布世界各地的近 190 个国家和地区。北京大学的国际校友人数众多，覆盖国家和地区广泛，社会贡献突出而令人瞩目。他们来华留学的时段跨越了不同历史时期，亲眼见证了中国发生的翻天覆地的变化。更具体地说，他们构成了中国来华留学教育史的一部缩影，既是中国历史的见证者，又都在不同程度上是中外文化交流的探索者与践行者。许多学成归国的留学生已成为所在国同中国交流的重要桥梁。还有许多国际校友在本国政治领域、经济领域和外交领域里努力工作，对于祖国的发展和与中国的友好关系做出了杰出贡献。

面向国际社会讲好中国故事，是加强中外人文交流的有效途径。北京大学国际校友的人生经历和他们讲述的中国故事，为理解中国的政治、外交、文化、教育的历史提供了独特的海外视角。不仅如此，他们对中国有深刻的理解和特殊的感情，在本国甚至在国际社会有较高的声望，是让国际社会全面了解中国的重要渠道。“北京大学新中国留华校友口述实录丛书”收集和整理的就是北京大学国际校友的成长记忆，重点讲述他们与中国特别是与北京大学的故事。通过对国际校友进行口述文献的采集、整理与研究，可以使国内更多的读者听到“中国好声音”和“中国故事”。此外，本套丛书还有助于系统梳理来华留学教育工作在不同历史阶段的发展历程和人才培养成果，为留学生教育总结经验，拓展学术研究领域，丰富国际关系史和国别史研究内容，进而推进北京大学对外开放和“双一流”建设。

2015 年，本套丛书的编辑出版工作正式启动，由相关学科的专家学者对一些国际校友进行访谈，在此基础之上整理、出版了这套丛书，通过这种形式配合国家做好大国形象的构建，推动开展中外人文交流。在策划、出版这套丛书的过程中，作者努力以严谨的科学态度保证它们具备应有的学术价值和历史文献价值。考虑到口述者的特殊经历、个人情感以及因时间久远而造成的记忆模糊等因素，作者通过访谈第三方、查找资料等方式对口述内容进行考订、补充，成稿后又请口述者进行了校正。尽管如此，由于各方面水平所限，丛书中肯定还有不准确甚至错误之处，敬请读者批评指正。

启动两年以来，本套丛书受到了各界的关心、支持，也得到了许多领导和专家的指导、帮助。在这期间，丛书编委会的一些成员职务发生了变化，不断地有更多领导和专家加入进来，相关的访谈成果会越来越多、质量越来越高。

谨以此书献给数以几万计的北京大学的国际校友，献给所有关心、支持、参与来华留学事业的人，献给北京大学 120 岁生日。

编委会主任　夏红卫　孔寒冰

2017 年 11 月

Contents | **目录**

一

尾崎文昭：东京大学的中文教育

尾崎：我本来并没有想过学中文，最初是想学日本文学。

我出生在日本的南方九州中央的熊本，那是比较保守的地方。所谓的保守，其实在日本的文化语境里面也包含了对中国古代文化和经典的尊重的含义。因为在日本文化传统脉络里面，古代文化的正宗就是中国的经典，特别是《论语》。所以熊本这种保守的气氛中，有对中国经典的一种尊重的传统。我在读高中的时候，语文课本分汉文课和国文课。汉文就是中国的文言，因为古代日本崇仰中国文化，所以汉文学对日本文学的影响也非常大。但我在考大学的时候还是更

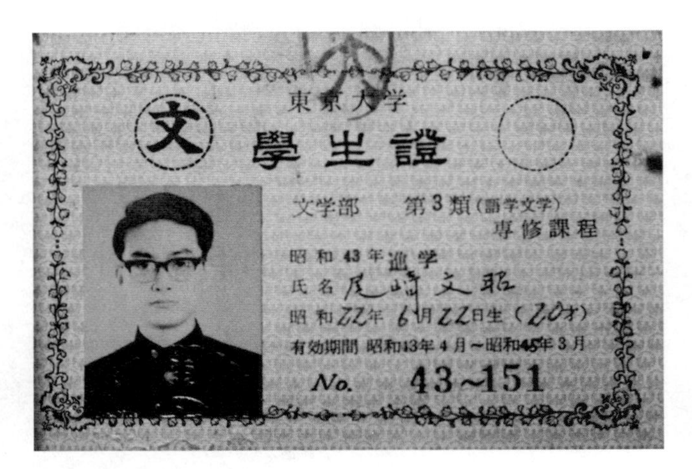
文
東京大学
學生證
文学部 第3類（語学文学）
専修課程
昭和43年進学
氏名 尾崎文昭
昭和22年6月22日生（20才）
有効期間 昭和43年4月～昭和45年3月
No. 43~151

尾崎东京大学学生证

愿意学习日本文学。

我是1966年4月考入东大的，考入东京大学之后首先面临的一个问题就是选择外语。英语作为第一外语，是每个大学生都要选择的，第二外语则可以在法语、德语、汉语里面任意选择一门。而我当时的想法比较简单，我认为如果要学习日本的古代文学的话，就一定要了解汉文，也就是中国古文。就这样选了中文作为第二外语。没想到当时大学一年级的三千名学生里面，选择中文的只有七十名，而我的上一届，总共有三十多名学生选择中文作为第二外语，再上一届更少，只有十名左右。

当时日本的政治气氛还相当保守，认为苏联、中国是“赤化”国家。中日之间没有建交，很多人的意识里面可能觉得学中文就相当于学习共产主义思想，所以很多人都看不起现代中文，或者是看不起学习中文的人。

而当时影响我选择中文的还有另外一个因素，是我在高中的时候读了日文译本的《伟大的道路》。

西川：作者是美国女作家，中文译名史沫特莱，这本书中国也有翻译。

尾崎：对，这是美国作家史沫特莱 1937 年到延安采访朱德之后为朱德元帅写的传记。但由于冷战的原因，英文本一直没有出版，反而是日译本最早在 1955 年问世。据我所知，《伟大的道路》的中文译本，到了 1979 年才在中国出版。而我在高中就读了这本朱德的传记，当时真的是非常感动。我读《伟大的道路》之前脑子里对现代中国的印象几乎是零，也完全不知道当时的中国是怎么样的，所以这本书使我对现代中国产生了些兴趣，也对我选择中文作为第二外语有一定的影响。

还想补充的是，当时为什么选择学习中国文学的人那么少呢？因为学了中国文学、中国哲学，毕业之后找不到工作。在我们之前选择中文作为第二外语的很少的这一部分学生中，一般或多或少都与中国有点关联性。有的学生的父母亲或参与中日友好活动，或参与日中贸易；有的学生的家长是和尚；有的学生的父母是研究汉学的学者……总之有中国背景的学生占大多数，完全没有中国背景的比较少。老师中的情况就更是这样。

西川：比如尾崎的东京大学老师中的平山久雄先生，他父亲松村谦三就曾是自民党很有名的亲中派。

尾崎：没有上述这类家庭背景的学生，如果进大学之后学中文，毕业以后只能当高中老师，教高中的汉语课，此外就没有别的选择的可能性。可是我入学的1966年前后开始有变化，选择第二外语为中文的学生明显地增加了。

尽管如此，我当年入学之后并没有什么对当时中国的特别认同感，也没有对共产主义的认同感，我当时的选择还是比较单纯的。

我刚进大学中国就发生了“文化大革命”，这个事件对我们的刺激非常大，使我们的思想特别活跃，有很强烈的新鲜感，也使我们对当代中国产生了热切的关注，甚至可以说改变了我的一生。但当时日本的大部分传媒对中国批评得特别厉害，主流传媒的声音对我们也有很大的影响。不过因为我们学中文，而教中文的老师们是热烈支持中国的。有好几个老师，都在向我们宣传新中国怎么好。尤其是教中文的教授工藤篁，这是一个特别有意思、个性非常强的老师。一谈起这个老师来就有说不完的话题。很多东大出身的先生，如丸山升、木山英雄，都跟工藤篁老师结下了很深的缘分，这是一种爱憎交织的非常复杂的感情。桥本万太郎老师也是这样。说起桥本老师和工藤篁老师的缘分也非常有戏剧性。

西川：我们都知道工藤篁老师与桥本老师的这个传说。桥本当学生的时候，一开始他并不想进中文系，工藤老师就在电车铁轨上打算说服他。两个人都站在铁轨上，工藤抓住桥本说，你应该进中文系，这时候电车轰隆隆地朝他们驶过来，桥本感到有生命危险，马上答应说：“好！”后来桥本果然听从了工藤篁老师的建议读了语言学，选择研究汉语。桥本后来的夫人是华侨，美国华裔，她也是研究汉语语法的。这个工藤篁老师在铁轨上说服桥本，具有戏剧性的故事后来经常被桥本老师提起，变得非常有名。

尾崎：工藤篁老师的事情下面还会集中来讲，不过谈起工藤的话一天也谈不完。

我进东大一开始是在教养学部（所有新生先进教养学部），过了两年以后才去了文学部中文专业，在本乡校区。1949年大学体制改革以后，教养学部所教的第二外语是德语和法语，这是过去高等学校的传统。当时多亏有个老师特别强烈地要求，才增加了作为第二外语的中文，但一开始几乎没有学生。1949年要进文学部的第一批学生中，选中文的学生只有两名，一名是著名的丸山升，另外一名则是竹田晃，竹田晃后来研究中国的六朝文学，也做了东大教授。他们的开蒙老师就是工藤篁，而东京大学教养学部当时教中文的专任老师只有工藤篁一位，时任副教授。

工藤篁当时特别“左”，高度赞扬毛泽东。当时毛泽东领导的中国革命刚刚取得胜利，成立了新中国，日本知识界受到的冲击非常大。一部分“左派”非常认同新中国和毛泽东，工藤篁就称得上是毫无保留地赞美毛泽东的代表人物。可是作为工藤篁先生第一届学生的丸山升好像没有受到他那么深刻的影响，大概是因为工藤篁先生虽天性热情、感情浓烈，但缺少理性，所以未能完全打动他的两位弟子。一开始丸山升和竹田晃都住在东大的学生宿舍，当时只有三分之一左右的学生住学生宿舍，其他一半以上都住在学校外面或是家里。而他们二人住在学校的宿舍里面，上课的时间到了，他们却偷懒不来上课，工藤先生就跑到他们的房间，见二人还在床上大睡，就把他们弄起来，然后在宿舍里给这两位高足现场授课。

在接下来的几年中，第二年，也就是 1950 年，学中文的招到了总共十几名学生，第三年多了几个。但就是这些学生，1953 年到 1954 年被工藤篁“煽动”闹事，搞了一些与后来中国红卫兵相似的活动。工藤篁认为当时日本的中文教育继承了过去的为了商业和军事目的而教汉语的方式。他对这种中文教育的传统持强烈的批判态度，想要建立一个跟法语、德语一样的学术性的教育体系，以培养有素养的、高水平的、用认同和尊重的感情去学中文的学生，同时要尝试新的汉语教学方法。所以他将自己的五六个学生，都是十八九岁，派到别的大学中文教学的现场，去批判教室里正在教中文的老师：你们的讲法是不对的！就这样工藤篁让学生们去各个大学“捣乱”。日本当时有个教中文的老师组织的学会，叫中国语学会，学会开年会的时候他们也被派过去“捣乱”。这些学生里面就有木山英雄老师，而且是他带头的。本科二年级的学生在学会的年会上向各所大学的教授们演讲：大学的中文教学应该怎样！木山英雄先生是1953年入东大的，比丸山升晚四年。

这一切行动的幕后指挥就是工藤，他的理想比较远大，就是要建立跟法语、德语教育一样的外语教育体制。这一点其实也继承了上一辈的汉学家的主张，他们的口号是要建构作为文化外语的中文教学。其中最有影响力的一位是仓石武四郎，当时在东京大学的本乡校区担任中文专业的主任教授。

仓石武四郎与吉川幸次郎齐名，成名的年代也差不多。仓石比吉川大七岁，他们两位都是在20世纪20年代末去北京留学，都能说一口很流利的汉语。吉川有时特别炫耀自己的汉语口语能力，说打电话的时候，对方如果是中国人，那么五分钟内可以瞒得过去，不会被听出是外国人。仓石武四郎在北京留学的后期，曾经住在中国的文献学家孙人和家里，有时孙人和接电话，他的方言太浓重，对方听不懂，就让讲一口北京腔的仓石来接电话。吉川幸次郎也一口北京腔，留学结束回日本前，到南方淘书，因为汉语非常好，买书也多，被书店老板误以为是从北京来的书商。他回日本后，常穿着长衫，曾经被京都大学的教授误认为是中国留学生。仓石武四郎用中文写作的留学时期的日记前些年以《仓石武四郎中国留学记》的书名在中国出版，记录了1928年到1930年的中国留学生活。传说仓石武四郎与吉川幸次郎在北京同住一个房间，两年间两位先生竟一句日语都没有说。这恐怕是学一门外语的最好的方式。

仓石武四郎本来是京都大学的教授，从1940年起也兼任东京大学教授。1949年离开京大，担任东大的专任教授。在日本战败之后，仓石特别反省过去日本的侵略政策，同时也发自内心地感到内疚。他认为过去的日本汉语教学，也是帮了侵略战争忙的，所以真心进行反省，想要改变整个日本的中文教学方式。在这一点上工藤先生其实是受了仓石先生的影响，仓石武四郎可以说是带头人和领路人，也称得上是中文教育方面的最重要、最有功劳的改革者。向东京大学要求增加中文老师的人就是他。对比东大研究中国哲学的某位教授积极参与大东亚意识形态，仓石先生就显得尤为难能可贵了。他也很认同新中国，提倡过采用汉语拉丁化方案。而工藤篁先生在仓石先生的影响下，开始研究新的教学方法。可是工藤是比较怪的人，关于工藤的“怪”有好多故事，现在没有时间多讲了。

其实东京大学属于比较特殊的情况，在 50 年代，另外一所大阪外国语大学也比较特殊，在大阪外大教中文的老师中有一个人叫田中清一郎，战后力求认同新中国，翻译过鲁迅的文章。吉川幸次郎也是在战后不久，在教学中就选用过鲁迅的文章。

1949 年新的大学制度建立以后，仓石先生成为东京大学文学部中国文学科的主任，他想要聘用中国老师，就从 1949 年开始请了谢冰心担任教师。因为冰心那段时间一直跟随她的先生、社会学家吴文藻住在东京。吴文藻是在 1946 年赴日本担任中国驻日代表团政治组组长并兼任盟国对日委员会中国代表顾问，也可以说是盟国对日管制委员会的五个战胜国中的中国代表，冰心作为夫人一起过来，就被东京大学聘请任教。新中国成立后，吴文藻和谢冰心声称要去美国，冰心 1951 年就辞退了东京大学的工作，而两个人其实是回到了北京。之后请了陶晶孙任教，但他教了两年就因病去世了。

所以仓石先生就把自己原来在京都大学的学生黎波聘到了东京大学。

西川：黎波老师是一个非常好的人，他自己说是北京人，但其实不是北京城区人，大概是昌平人，有些看不起他的人就说他是北方人。我和黎波老师特别熟，他是一个非常好的老师，娶了个日本夫人。他发表过几篇用日文写的小说。1953 年来东大，一直到六十岁

尾崎、西川收藏的黎波照片

退休，在东大任教二十六年。

尾崎：仓石先生曾把老舍的《龙须沟》排演本当作教材，可是好多地方读不懂。鲁迅的作品读起来也比较困难，但相对来说好懂一些，《龙须沟》是确实读不懂，所以请黎波老师帮忙编写了一本更实用的现代汉语词典。词典编完之后，由岩波书店出版。这是一本比较特别的词典，跟过去的完全不一样，是按照汉语拼音以罗马字排词，有点类似于英文、法文、德文词典。我们有很长一段时间都用这本现代汉语词典，可以说具有划时代的意义。

西川：但是查起来很困难，因为是按照汉字的发音来查，所以我们阅读中文著作的时候，如果想查的字不知道读音，就得先弄清楚这个字的发音，尤其是刚开始学习汉语的学生很难用，因为想查的字通常都不知道怎么发音。

尾崎：我们一、二年级教汉语的开蒙老师有两位，一位就是工藤，另外一位是新岛淳良，是很有名的鲁迅研究专家，由这两位开始教我们汉语。新岛淳良的教法比较正规，工藤先生则比较特异，一开始上课不教语言，先是要破除学生们脑子里面既成的所有观念，无论是对中国的观念或是对语言的观念，只要是过去脑子里有的都要打破，所以我们一上他的课就觉得非常混乱。有的学生受不了就逃课。工藤先生是有意要这么做，因为他的基本想法是，想要学中文，想要了解新中国，只有破除了过去既有的观念，以及既有的价值观，才有可能认同中国、认识中国，也才有可能学好汉语。他的这个想法其实是非常有魅力的，他也因此热情地投入于他的教学改革事业。可是有的学生就完全不能够接受他的想法，跑掉了。而我则受了他的影响，也认同了他的思维方式。当时中国的“文化大革命”刚刚开始，最初的时候我们不太了解“文化大革命”的情况，但很关心。到了 8 月份通过新闻，我们才意识到“文化大革命”是怎么回事。天安门城楼上毛泽东检阅了一百万名红卫兵，令我们感到非常兴奋，也受到了很大的刺激。

与此同时，开始接触一些来自中国的文艺宣传作品，如大型音乐舞蹈史诗《东方红》我们就看了好几遍，还有《白毛女》，当时在日本能看得到的很少。当时的日本“左派”“亲中派”，把这些文艺作品作为宣传红色中国的重要途径，我们也就有了接触这些作品的机会。当然这些作品还影响不到一般的日本人，但我们是学习中文的，就接触得比较多。并且我住的是学生宿舍，周围也有几个特别亲中国的学生，思想很活跃，我跟他们经常来往，所以接触得就比较多。其实中国大陆的影片本来也进来了不少，可是“文化大革命”以前的那些影片都归过去的“亲日共派”所有，而这些“亲文革派”没有拿到多少。新拿来的电影我记得有《东方红》《地雷战》和《地道战》。

西川：还有《白毛女》。《地道战》我们也看了好几遍。

尾崎：看的时候特别高兴，觉得很有意思。从中了解到这是一个跟日本很不一样的、按照完全不一样的原则来运作的世界。我响应工藤先生的号召，悬置所有的前提，排除所有的既有价值观念，先虚心地观看，耐心地接受，尽管《地道战》这样的电影有些夸张，但我们也可以接受。《东方红》里面的歌，有好几首我还能唱。

当时还有一部岩波映画拍的电影，是一部纪录片，汉语翻译成《拂晓之国》，是一位叫时枝俊江的日本女摄影师在 1966 年 8 月到 1967 年 2 月间在中国的北京和东北等地，拍摄中国当时的“文化大革命”情景，也拍了普通中国人的生活。

电影拍得很有意思，主要场景是拍大串联，让我们非常感动。这部电影试图描述的中国，正在揭开人类历史的新篇章，中国带我们走进的是一个新的理想主义的世界。《拂晓之国》在日本影响很大，因为当时日本的媒体百分之八九十是骂中国的，跟在美国后面骂。也有一两家有思想性的知识分子杂志是支持中国的，不赞同代表资本主义世界的美国的想法，这种情形很类似于 1949 年新中国成立之后的日本思想界，当时的日本“左派”把中国革命视为不仅仅是中国的革命，也是人类的革命，也包括日本人在内，开启了人类历史的新的一页。中国后来跟苏联闹翻了，几乎所有的日本人都不喜欢苏联，所以大部分“左派”都支持中国。1966 年“文化大革命”开始之后，造反派们颠覆了官僚系统，相当于反斯大林主义，并重新塑造理想的社会主义。这个想法对日本的一部分知识分子，尤其是“左派”知识分子特别有吸引力，一下子就把他们抓住了。这也激发了日本“左派”的分化，分裂为“亲文革派”和“亲日共派”，两派争论得特别厉害。

当时有三份典型的“左派”刊物，一个是岩波书店的《世界》，还有一个是《展望》，第三个是《朝日Journal》，三份杂志上发表的一些文章，把“文化大革命”看作世界革命的开端，赋予“文化大革命”以人类历史巨大变革的意义。我们读了这些杂志，也受了很大影响。

在东大教养学部学习了一年半的时间之后，开始选择专业方向，我决定选择中文系。我们对学科方向的选择是由教养学部一年半的成绩来决定的。每个人都要提出申请，可以选择国文系、中文系、中国哲学系、东方历史系，还有心理学、社会学等学科。本来我想要进的是国文系，但选择国文系的人很多，要求的成绩也就比较高。而我在近两年中没有怎么认真学习，所以成绩不理想，国文系进不去。而工藤篁先生强烈要求我选择中文，所以最后就进了中文系。奇怪的是，在我们这一届之前的十几年，选择中文系的学生每年一般都是零到两名，而在我这一年，一共有八名学生选择了中文系。其中的缘由还是时代的影响，是“文化大革命”对我们这一代产生了较大的影响力。

我们这一届的八名学生到本乡校区的时候，仓石

尾崎、西川与藤堂明保及其夫人

老师已经退休了。当时在任的老师主要有三位，其中一位是藤堂明保教授。

西川：藤堂明保研究语言，是中原音韵专家和文字学专家。

尾崎：另一位是前野直彬教授，是研究古代文学的，吉川幸次郎的学生，他在东京大学读完本科后，到京都大学读了硕士、博士，然后又回到东大，主要的研究领域是六朝到唐代文学。还有平山久雄老师，已到任第二年，当时算很年轻，还不到四十岁，是研究唐代音韵的。当时当助教的是沟口雄三先生。我在教养学部学习期间受到工藤老师的影响，对汉语语法比较感兴趣，所以就上了藤堂老师的课。开始时用的教材是前面谈到的桥本万太郎老师的美国夫人用英文写的论文，是关于中文生成语法方面的，她是最早用生成语法来分析汉语的开创者。

我们当时都对这一语法方式不太习惯，但觉得很新鲜。工藤教我们的语法方式非常怪，他要把所有过去的语法观念都破坏掉，然后建立自己的语法系统。但实际上破坏了以后工藤并没有建成新的语法系统，我们这些学生也就没有形成自己的语法观念。而到了本乡之后，马上接触到的是来自美国的一个完全新颖的生成语法系统，所以开始觉得不大容易接受，但可以说它也否定了过去的语法概念，因此有共鸣之处。当时我比较认真，认为要学好语法的话一定要了解美国的语法系统，所以买了一些乔姆斯基的书，还有一些其他美国语言学家的书，基本上都是英文版的。但大都只是翻了翻，并没有认真读。

而当我想认真学习汉语的时候，东大的“革命”爆发了。

二

“革命”的岁月

尾崎：1968 年 4 月，我进入东京大学本乡校区的文学部中国语中国文学科。开始上课后几个月，到了 1968 年 6 月，东京大学的大学潮就开始了，我从此经历了跨越两个年度的学潮时光。

学潮一开始是从医学部爆发的，早在 1968 年 1 月，东大医学部的学生为了反对关于注册医师的医师法修正案，宣布无限期罢课。到了 6 月，医学部的一部分学生占据了安田讲堂，而校方让警察入校抓他们，学潮一下子波及整个本乡校区，谴责校方引入警察，全校就开始罢课。学生从 6 月下旬开始就都不上课了，所以我们也就没有课上了。到了暑假的时候，东大的“左派”学生占领了很多楼房，把学校的职员都赶了出去。一直到第二年的1月，大约半年多的时间里本乡校区一直被东大“左派”学生占领。当时中文系的学生，我们这一级是八个人，上一级是一两个人，加上大学研究院的十来个人，一共有二十几个人，里面就分了两派，有“亲日共派”和“全共斗派”。总体上说，“亲日共派”的人数很少，所以每次学生开会的时候，都是“全共斗派”占据主流。我也积极参与了这些活动。到了9月份应该开始上课了，但是因为学校都被“左派”学生占领了，不允许上课，始终处于罢课状态，所以校园里没有课上。有些老师就在学校外面的茶馆、咖啡店里给学生上课。从9月到12月都是这个样子，校园里面越闹越厉害，学校之外的“新左派”组织，或是其他大学的“全共斗”组织也都参与进来，和日本共产党的对立也越来越厉害。闹武斗，但没有造成严重的人身伤害，虽然称为武斗，但也只是动动拳脚而已。

当时安田讲堂是“全共斗”的大本营，在安田讲堂前面是东大的正门（不是那个有名的红漆的赤门），有人在正门的两个石柱子上贴了标语。

西川：标语是“造反有理”“帝大解体”，当时很多“新左派”的学生非常认同。

尾崎：这里说的“新左派”指的是认同马列主义但反对苏共斯大林主义的政治党派及其同伴者。他们几乎都认为中共和毛泽东反对斯大林主义，同时对“造反有理”的口号表示认同。而“帝大解体”的意思是，侍奉日本帝国主义的大学必须要解体，而“造反有理”的口号完全是受到了“文化大革命”的影响。并不是说直接受到“文化大革命”意识形态的推动，但就学生们的心情来说，主要是受到“文化大革命”的鼓动，汲取了反抗的力量。说“日本帝国主义”不是指过去，而是指当时的日本，意思是当时的日本已开始向东南亚进行帝国主义性质的资本输出，又同时支持美帝的越南战争。

西川：本乡校区周边的居民也有很多支持学生的，正门对面的那些商店都是私人开的，他们经常免费给占领学生送来鸡蛋之类的食品。

尾崎：从学潮一开始我就一直参与其中，到了

1969年1月18日、19日两天，发生了著名的东大安田讲堂事件。因为按照以往的惯例，2月份有入学考试，当时学校已经完全没有了秩序，就无法举办入学考试。如果无法考试招到学生的话，学校的正常运作也就不能维持，学生们认为要让帝国大学解体的话，就一定要取消入学考试。而校方则一定要搞入学考试，所以应校方的请求，政府也大力支持，3000多名警察进了校园，围攻东京大学的安田讲堂以及几栋被占领的楼。1月18日、19日这两天我就在安田讲堂里面，周围都是警察，是出不来的。战斗进行了两天，第一天警察打不过我们，第二天继续进攻，到了傍晚时分才攻占了安田讲堂。

应该说警察方面还是比较克制的，用高压水枪、催泪弹压制了占据安田讲堂的学生。只有一位学生被催泪弹炸伤了一只眼睛，恐怕是受伤最重的了。警察方面毕竟不大希望有学生受伤。因为一旦死了人的话，社会舆论就会完全倒向学生一方，政权都会因此倒塌。有了社会舆论的批判和监督，警察也不敢轻举妄动，所以上面命令一定不要出命案。

警察攻占了校园之后，总共抓了本乡校区三个楼里的六百多人，其中有五十多人是东京大学的本科学生和研究生，东大教养学部那边也抓了几十人。其他的都是从全国过来的“左派”和学生。我们这六百多人先被关在东京各地警察局的留置所，受到起诉后被移送到监狱所设的未决犯拘留所。我被关了八个半月，到 10 月份才被保释出来。我所在的是东京中野监狱。最初关进警察局的时候，一个屋子里关了五六个人，去拘留所之后则是一个人一间房，房间很小，但待遇还算比较好的，因为我们算是思想犯。五年后，经过审判斗争，最后被判处徒刑一年四个月，缓刑三年。按日本的法律，如平安无事地过了缓刑的三年，就算判决失效，简历上也可以不写。

警察和刑务官对我们也比较客气，可以好好读书了，所以八个月里我读了很多书，有《毛泽东选集》，还有马克思和列宁的书，过去没有读过的都读了一些。狱中读书的情形让我想起了藤堂老师。

西川：藤堂老师在中国当兵的时候也坐过牢。

尾崎：日本对华战争结束后，他在南京的被俘日军收容所里当翻译，他说当时读的书是茅盾的小说《腐蚀》，所以带到拘留所来给我看。他还带给我一件毛衣。

西川：毛衣不是藤堂老师带去的吧，而是他穿在自己身上的。本来毛衣是他儿子的，儿子长大了，穿不了，藤堂老师接着穿，到拘留所探视的时候，看到尾崎穿得单薄，就当场脱下毛衣留给了尾崎。毛衣的颜色很好看，尾崎后来穿了二十年，一直穿到四十多岁。

尾崎：被关进拘留所，在东大中国文学科不是很罕见的事情。除了藤堂老师外，丸山升先生的毕业论文就是在拘留所里面写的。他是在1952年因参与“五一”事件被逮捕，坐了半年多的牢。当时仓石先生把自己的有关丁玲的书送到拘留所丸山升的牢房，提供资料让他写论文。战后东大中文系有不拘泥于传统的气氛，允许学生在狱中提交论文。

我被保释出狱以后，还参与了一些学生运动。当时学校非常乱，安田讲堂事件之后的半年多仍然没法复课，我出狱的时候东大才刚刚开始恢复上课，但也是断断续续的，有的学科开了课，有的则没开。当年的入学考试也取消了，那一年全国高校中只有东大没有新学生。到了第二年的4月才完全恢复正常，几乎乱了两年，在大学教育史上也是非常长的一段时间了。

我参加学生运动的一个社会背景，除了当时中国轰轰烈烈的“文化大革命”的影响之外，最重要的是日本社会反对越南战争的运动，因此学生运动的大背景是反对美帝国主义的越南战争。这一点今天也想简单地介绍一下。在“越战”期间，日本也参与了美军的行动，主要是做一些后勤工作。

西川：因为美军在日本有基地。越南战争中受伤的士兵被运到冲绳或是东京的基地来疗养，包括飞机的供油也都要日本帮助准备。

尾崎：我们都觉得日本政府在“越战”中也是负有责任的，手上也是沾了血污的，因此就反对美国的越南战争。同时反对日本政府助长了美国的帝国主义。所以，当时除了“文化大革命”对我们选择学习中文的学生以及参加学生运动的学生有影响之外，另一个更大的背景就是当时反对越南战争的社会思潮。

大学学潮被镇压、学校正常化以后，很多和我一起斗争的同志都走了，他们不大愿意继续留在学校，有的名义上算是毕业了，有的根本没有拿到毕业证。我当时也可以离开学校走向社会，但自己对选择哪个方向有些犹豫不定。于是 1970 年 4 月到 9 月我办理了休学，离开学校半年，因为休学的话不用付学费。休学期间我在东京打工。打什么工不说好吧？

西川：是在高级舞厅酒吧。

尾崎：是在银座的一个高级酒馆俱乐部里端盘子，上班时间以晚上为主，按照客人的要求上酒，送食品。这个可以不写进书里去吗？

西川：写进去了也没有什么关系吧，那个店早就没了吧。

尾崎：当时我的想法是试图走进底层，因为心里感到压抑。本来自己是从社会的相对中下经济水平的阶层中走出来的，成了东大学生之后心里一直有点压力，因为离开了自己原来的阶层，走进了一个本不属于自己的精英的世界，心里常有不适应的感觉。而在学校受到左翼思想的影响，同时经历了学潮之后，产生了走进底层去了解自己和锻炼自己的想法。用当时的中文来说，类似于“上山下乡”，想在体力劳动中脱胎换骨，但同时对自己的身体条件没有信心，恐怕不能承受真正的体力劳动。开始工作后与陪酒的女招待和酒馆的经理关系比较好，所以也一度觉得自己完全可以在那里工作下去。但时间一长还是觉得比较乏味，过了半年以后就回到了大学，决定先拿到文凭。当然家里也要求我能够大学毕业。

临近毕业的时候，当时我对自己的描述是：“前途一片空白。”按照日语的一般说法，在描写绝望的心情时就说“前路完全黑暗”。我的内心是空荡荡的，不知道要做什么。中国的“文化大革命”也在发生变化，当时我们了解到红卫兵内斗等情况，尤其是1971年林彪出逃最后摔死在蒙古的温都尔汗，完全打破了我们对“文化大革命”的理想主义的信念。既破坏了以往对中国革命的理想化的印象和观感，也开始怀疑自己过去的价值观。1972年2月发生了日本赤军的浅间山庄事件，这个事件表明了日本“新左派”的彻底失败。我们只好承认“自我崩溃”。

因为要写毕业论文，我选择了鲁迅研究，毕业论文是关于《野草》的。论文按照现在的眼光是没法看的，写得比较简单，主要写了鲁迅从《野草》到《铸剑》中的复仇主题，认为鲁迅在《野草》时期经过深刻的精神危机，最后用复仇的情结恢复了自己的战斗力。这个想法其实是受到木山英雄先生文章的启示。写完毕业论文后，老师们劝我考研究生进研究院，我也没有其他想要做的事情，所以就在 1972 年 4 月进了研究院。其实当时并没有心情成为一个学者，进研究院也是想要推迟决定自己以后人生道路的时间，所以就没有选择离开东大。研究院的硕士本来是两年制的，我待了三年，一边打工一边上学。本科时我是拿助学金的，可是参与了学潮运动以后就被停掉了。虽然当时的研究生学费比较低，但是毕竟需要生活费，所以打了各种各样的工。

西川：尾崎打工期间主要的工作，是在一个培训公司为中学生创办的补习学校教英语。

尾崎：读硕士和博士课程期间，我们有自己专门的导师，我读硕士一开始跟的是高田淳老师。东大文学部中文系原来有三位老师，其中有一个专门讲中国现代文学的老师，叫小野忍，是竹内好的好友。但小野忍在我去本乡之前就退休了。我是 1968 年到东大本乡，他是 1967 年退休，所以我去本乡的时候他已经离开了。他的位子则空着，是为丸山升留着的，而丸山升一直因为“五一”事件（下面还要讲到这个“五一”事件）在打官司。打官司期间无法进入东大，只有等他胜诉之后东大才能够要他，所以小野忍退休后的位置就一直空着。而丸山升当时已经是一所私立大学——和光大学的老师了，在诉讼期间进私立大学任教则没问题。在这一阶段里，丸山升是以“非常勤”的资格来东大教学的，因为没有人教现当代文学。“非常勤”是指学校以计时授课的形式临时聘用的教师。而在我考进研究院的前一年，丸山升终于被宣判无罪。既然无罪，东大就把他正式聘请进来了。

可是丸山升是“日共派”，我是“反日共派”。藤堂老师也是“反日共派”，是当时相当有名的支持“文化大革命”的教授。他曾经访问过中国，亲眼看见了“文化大革命”的情况，虽然也只是表面的。

西川：藤堂老师去过大寨，见了陈永贵，回来说那里的蔬菜真好吃。

尾崎：整个文学部的一百名左右教师中，只有一两位是支持学生运动的，藤堂老师就是其中之一。在学生运动彻底失败之后，他的处境就很不好，总是受到老师们的围剿，承受着相当大的压力，以至于最后他想结束自己的东大教授生涯，选择离开，在 1970 年提前离职退休了。但在退休之前，他特别想关照的是我和其他一两个“左派”的学生，有些担心作为“日共派”的丸山升与我们“左派”学生不容易搞好关系，建议再请一位能够同情新左翼和中国，同时也能够担任中国现代文学课程的教授，所以就请了高田淳过来。藤堂先生这样的安排，一直到前几年我才知道。这样一来，1972 年高田淳就与丸山升一起被聘请了过来。当时高田淳老师是在东京女子大学，年龄比丸山升大五六岁。

西川：高田老师参加过战争，当兵后被派到朝鲜北部，还没到前线时日本就宣布投降了，后来在苏联军队的管理下当了两年俘虏。而丸山升没有这样的经历，他们还算不上同时代人。

尾崎：但他们两位都是 50 年代鲁迅研究会的会员，高田淳比丸山升还要更早加入一些。

50 年代以东京大学中文系学生为中心力量创立的鲁迅研究会，对日本的鲁迅研究起了很大的作用，除

尾崎、西川收藏的高田淳照片

了竹内好以外，这个鲁迅研究会可算是影响最大。关于鲁迅研究会应该多说几句。具体来说，鲁迅研究会是在1952年成立的，以东京大学的中文系学生为主体。1952年是一个特殊的年份，这一年美国军队结束了对日本的占领，战后日本得以非常畸形地恢复了独立国家的状态。这一年美军刚退到幕后不久就发生了"五一"事件，对日本没有获得完全的主权独立的现状表示抗议，全国据说有一百万人参加了这一运动，在东京就有二三十万人游行。尤其在东京，因为警察不允许在皇宫前广场开会，很多示威者就闯进皇宫前广场，跟警察发生激烈冲突，最后受到警察的镇压，死了两个人，其中一人被击毙，伤者达到六百多人。公安部门宣布参与此次事件者犯有“骚乱罪”，逮捕了一千二百多人。丸山升先生就因为参与“五一”事件，以“带头煽动骚乱”的罪名被逮捕，我前面说的丸山升先生在监狱里写文章指的就是这段时间。丸山升 7 月被起诉，11 月获得保释，直到 1970 年才在一审中被判无罪，也才有资格进了东大，这一点我前面已经提过了。

在“五一”事件后，一部分“左派”人士为了表示抗议并宣泄愤怒，爱用鲁迅的《无花的蔷薇之二》里的非常有名的一段话，用北京的“三一八”惨案来比附“五一”事件，以表达抗议。但是东大中文系的一部分“左派”学生的看法跟社会上的“左派”不一样，他们认为摘引鲁迅的句子来宣泄自己政治性的愤怒是不科学的，不应该把鲁迅的话直接套用到 1952 年的日本，而应该认认真真地学习鲁迅的革命精神。所以他们强调要用科学的、历史主义的方式来研究鲁迅，不能跟着社会上政治运动的路子走。就这样他们组织了鲁迅研究会，展开了对于鲁迅文章的认真阅读。开始是每周都有读书会，后来是每个月开会，精读鲁迅，也就是一篇一篇、一句一句地来阅读。不明白的词语、不清楚的社会背景，要一个一个查清楚。他们出版了自己的刊物——《鲁迅研究》，从 1952 年坚持到 1966 年。一般认为，鲁迅研究会的研究成果最后结晶为丸山升先生的著作《鲁迅》。而从研究会成长起来的鲁迅研究学者也有很多，除丸山升之外，还有尾上兼英、高田淳、伊藤虎丸、木山英雄、北冈正子等。

但丸山升出狱加入鲁迅研究会后不久，该研究会就分为两派。开始的时候分为两个读书会，然后两派之间就完全脱离了关系。丸山升和高田淳两位也分属两派，因为丸山升是主流派，一直在东大中文系研究室里开读书会，主要是日本共产党国际（宫本）派系统。而分出去的代表人物新岛淳良本来也是日共党员，后来受到批判，虽然服从，但不久便脱离了日共。高田淳也不大认同日本共产党系统中一些组织的做法，与新岛成立分派，最后被划出去了。如今他们两位同时来到了东大中文系。

高田淳老师本来是研究鲁迅的，后来研究晚清的章太炎，也研究戴震、王夫之，我当时跟高田淳老师学习了两年。两年以后他不愿意继续待在东京大学，东大让他感觉不太舒服，所以他去了学习院大学，这是一所私立大学。但是当他决定要辞掉东京大学文学部教师的时候，在教授会里面惹了一场风波。当时东大的老师们觉得，东京大学是全国大学中最好的，文学部也是最好的，所以如果是到了退休年龄以后再选择到别的私立大学，那是可以的，而不到退休年龄就跳槽到别的大学，是不允许的，也是不应该的。因为我们是最高学府，跳到别的大学好像对东大是一种侮辱，但是高田淳坚持要辞职，最后还是去了学习院大学。

高田淳离开后，我的硕士第三年没有别的选择，就请丸山升当我的指导老师，他也很客气地接收了我。跟丸山升先生学习的过程中，他对我一直非常客气。可是和我一起上课的同学，其中有两三个人在学潮期间跟我是两个派别，是跟我“打过仗”的，当然没有直接动手。此外还有丸山升先生在东大之外教学时的两三个学生也过来听课，他们都是“日共派”的。所以我一个人在同学中就显得有些孤立，很不自在，但我还是坚持继续上课，写了硕士论文。读博士的时候也是在丸山升手下，也是硬着头皮来上课。有的学生对我比较冷淡，有的学生则比较客气，幸而丸山升先生一直是很客气的。谈学术的时候也不大涉及政治的背景，完全是按照学术的标准来加以指导，所以我一直都很感谢他的这种做法。后来跟这些同学也基本上都和好了，个别的还成了很好的朋友。

硕士第三年，我写了硕士论文，论题是1923年周氏兄弟失和前后的周作人。1975年4月我开始攻读博士，博士阶段在东大一共待了四年。当时日本博士教育的一般情形是，读博士课程是不允许写博士论文的，是要到了五十岁前后，在自己的研究领域里成为第一流人物后，才可以提交博士论文。而年轻的博士生们写博士论文都要被嘲笑，藤堂老师也是快到五十岁时才提交博士论文，经过教授会审核后拿到了博士学位。我们那时候的博士课程一般是三年，拿到规定的学分后自行退学，可算是西方大学里所谓的博士候选人，就是具有提交博士论文的资格，但真正要写博士论文通常也要等到四五十岁以后。

东大的老师带研究生有一套教法，就是老师根本不怎么管学生。学生要写硕士论文通常是自己选择题目，老师都说可以。本科的毕业论文也一样放开，当然学生有了问题到老师这里来问，老师也会回答，主要是督促和指导学生自己去查阅相关的书籍和文章，这个材料查过没有，那本书看过没有。学生写文章要选择题目，老师完全放手。而丸山先生在其他私立大学任教的时候，会很详细地辅导学生，与在东大的做法完全不一样。东大老师们的想法是，学术是学生们出于自己的需要和追求而自我训练的过程，如果做不到就自己选择离开。

而京都大学的传统则是教师比较认真地教书，认真地训练学生，是师傅教徒弟式的。有些像中国的传统学术，按照既有的标准来阅读经典，一句一句、一段一段地精读以提高学生的阅读能力。要了解经典的整体性知识，包括版本的知识都要进行灌输。东京大学的大部分老师根本不教，如果说得好一点儿，可以说是身教，所以有些时候学生会缺少一些基础性的知识。

博士读了四年以后，1979 年 4 月我直接留校当了助教。本来在我之前当助教的是今西凯夫，后来他去了日本大学。日本大学跟北大中文系的来往比较多，这是他的功劳。我留校的时候他当助教已经十年了，一般助教只干两三年，过了三年通常会辞职，到别的大学找工作。而今西已经当了十年的助教，是比较少见的情况。他在 1967 年学生运动期间已经在别的系当上了助教。沟口雄三先生 1969 年离开中文系去埼玉大学的时候，今西才过来。他待了太长的时间，也感到上边对他的压力，就去了日本大学中文系。他离开的时候提出了一个要求，就是一定要我接替他的助教职务。

西川：这件事尾崎自己当时并不知道，也是后来才听说的。今西同意辞去助教的职务，条件是要尾崎接任。

尾崎：也是因为“全共斗”时代曾经是革命战友的缘故吧，今西先生当年曾经组织过“全共斗”里面的一个叫作“助教共斗”的团体，支持我们学生运动。

就这样，我当了中文系助教。当助教以后，要经常跟文学部的办公室打交道，里面的一些职员在“全共斗”时期与我严重对立，他们记得我，我也记得他们，所以打交道的时候感觉非常尴尬。当 1979 年日本和中国政府开始相互派遣第一批留学生的时候，我就有了留学的打算。

开始交换第一批留学生，是我当了助教后半年的事情。1979 年夏天，东大中文系的学生们组团去北大中文系访问交流。后来当了东京大学教授、现在已经成为日本的中国现代汉语语法研究界里水平最高的木村英树，当时正在北京大学留学，负责在北京接待，而今西先生是代表团的团长。我那次没有随团去北京，只负责筹办东大方面的访问事宜。当时的访问团中有现任东大教授的藤井省三。代表团在北京大学访问期间，受到当时中文系的研究生钱理群、温儒敏等人的接待。不久后藤井去了复旦大学留学，算是第一批日本留学生。他自己本来是要求去北大的，可能是教育部没有安排，但留学的大门总算打开了，所以我就计划去中国。1980 年秋天，我终于等到了去北大留学的机会。

而夫人西川优子比我早了几年，1976 年 9 月就去北京大学留学了。

西川：我进北大之前先被安排进北京语言学院，在五道口，现在叫北京语言大学。那时中国教育部把所有的留学生都先分配到语言学院训练口语和听力。突击学习两三个月汉语之后，再分配到别的大学进行专业学习。

尾崎：到了我留学的时候，则取消了去语言学院突击训练汉语这个环节。本来中国教育部要求派遣到中国的留学生的一个前提条件是，能够达到在中国大学的课堂上听懂课的水平，但其实没有一个人能够达到这个水平，有的留学生恐怕只会用汉语说“你好”。所以到我留学的时候，中国教育部虽然不再通过语言学院，而是直接把留学生分配到各个大学进行专业学习，但开始时还是要给留学生开设汉语补习班。北大对外汉语教育也就是从那个时候开始的。当然不去上汉语补习班也可以，我就没去。

接下来让西川先谈谈她是怎样选择学习中文的，我到北大留学的情况后面再接着说。

三

西川优子：在日本学中文

尾崎：西川比我早几年去北大留学，接下来让西川讲讲她为什么选择中文，也讲讲她的大学生活和留学生涯。

西川：经常会有人问我为什么当初选择读中文，其实也没什么特别的理由。我家和东大教养学部教授工藤篁老师的家住得很近，所以我初中的时候就认识他。我的姐姐考进东京大学后选的第二外语是汉语，上过工藤篁老师的课，不过她说一共只听过两次。后来姐姐去了国文部，但她找的对象是经济学部的，所以她也改行进了经济学部研究院。

我读初中的时候，姐姐经常带着我去工藤老师家玩，所以后来工藤老师就劝我学汉语，时代背景是跟尾崎完全一样的。

我进的是樱美林大学，那时候的老师之一就是小野忍老师。小野从东京大学退休后先去了和光大学，然后又去了樱美林大学。

尾崎：樱美林大学是一个比较特别的有美国基督教背景的大学，先是在中国创办学校，创办者是清水安三。1921 年他在北京朝阳门外设立崇贞学园，就是今天北京市的陈经纶中学，也是基督教学校，是专门为中国下层贫困女孩儿创办的工读学校，可以说是一所贫民女子学校。

西川：女孩儿们边学习边做手工艺品之类的东西。

尾崎：清水安三先生在 20 世纪 20 年代跟鲁迅、周作人来往比较多，先是与周作人有密切的交往，鲁迅是他在拜访周作人的过程中结识的。据说有一次清水先生去拜访周作人，而周作人不在，清水就要离去，当时周氏兄弟应该一起住在八道湾，这时鲁迅就出来说，如果您愿意的话，我们也可以聊聊。就这样清水也结识了鲁迅。鲁迅在日记里面也记录过他的名字。清水安三写过很多文章，在当时北京的日本人中是比较有名的。战后回日本以后，1946 年在东京创办了樱美林学园，1966 年创办了大学。就是我们进大学的那一年，只有英文系和中文系。清水安三的公子叫清水畏三，他编辑的父亲的传记《朝阳门外的清水安三：一个基督徒教育家在中日两国的传奇经历》前几年也在中国大陆出版了。清水畏三原是东京大学中文系毕业的，当时在樱美林大学当领导，就请了小野忍先生、驹田信二先生去樱美林帮忙创建中文系，组成了中文系的教师班子。

西川：所以我是樱美林大学中文系第一届学生，当时的系主任是驹田信二。

尾崎：西川的老师中还有一个叫松井博光，是日本具有代表性的茅盾研究者，也是竹内好的学生。还有石川忠久，他是日本最有名的旧体诗专家，曾经组织过一批人开设写作旧体诗的课程。系主任驹田信二是一个小说家，也是鲁迅研究家。他战前毕业于东京大学中文系，然后当了兵，在中国被俘虏了，被关在中美合作所。因为他会说汉语，所以被认为是间谍，关在国民党的监狱，他的狱友都是中国共产党党员。新中国成立后，这些共产党狱友都当官儿了。

西川：驹田信二写了很多中国题材的小说，在日本文坛相当成功。

做第一届学生有一个好处，老师多，学生少，老师教得都很认真，组织我们开读书会，每周都有，非常热情，特别是驹田老师，还有松井博光。和我最熟的老师就是松井博光。

在樱美林过了第一个学期之后，我又同时去仓石中国语讲习会学习汉语，通常是在晚上，每周三次去听课，是三个月的课程，当时他们只有晚上的课。相当于夜校，因为老师们白天都有自己的工作。

尾崎：这个仓石中国语讲习会，由在东京大学当教授的仓石武四郎先生自己开办并担任主任，这是日本民间最早也是最大的教授汉语的讲习会，这样的讲习会当时只有一个，而且在很长时间里也只有这一个。仓石先生还请了自己东大的学生当老师，还有一些东大的教师也来讲习会讲课，所以仓石中国语讲习会的教学水平比一般的大学还要高。而且这些教师在仓石中国语讲习会任教时间很长，也使讲习会成为日本培养“亲中国派”的一个主要的桥头堡。他们的意图是要推动学习中文，然后了解新中国，推进日中邦交正常化运动。因为他们对日本对华战争负有内疚感，不满战后日本一直跟随美国、把新中国看作敌人的政策，从而导致了一直没有实现与中国的邦交正常化。他们认为我们要道歉的对象不是台湾的蒋介石，而是大陆的中国人民，要先向大陆的中国人民道歉，同时才能争取邦交正常化。所以我们的政治任务是邦交正常化，而具体的办法和途径就是教汉语。

西川：我在这个讲习班上前后听了三四年的课，而仓石中国语讲习会办得班也越来越多，有讲读班，还有高级班，我都去听课。刚开始的时候听课的人很少，所以只有一个初级班，后来“文化大革命”开始了，关注“文化大革命”或者对中国感兴趣的人都来学初级的入门课，所以人数一下子就增多了，班上一共有六十个学生。我是第六十个申请者。“文化大革命”开始后，原来的“亲中国派”也开始分裂为“日共派”

和“亲中派”，两派之间严重对立，甚至动手。仓石讲习会也受到影响，结果听课的人数一周比一周少，最后大概只剩下五六个人了。所以办公室的负责人就跟我说，你要听别的班的课也都可以的，都免费。我一周去六次，六个晚上可以随便听，只付一个班的学费就可以了，而这样一来我也不好离开，一直学了三四年。当时还有一所讲习汉语的民间学校，是民办的中国研究所附设的中国语研修学校。

尾崎：中国研究所本来是日共的下属组织，后来他们也分裂为“日共派”和“亲中派”。最后研究所的大部分财产被“亲中派”占据，把“日共派”排斥了。

西川：这个中国语研修学校只有两三个班，它跟仓石讲习会不一样，老师都是从中国回来的日本专家的孩子，大都在中国长大，生在中国，长在中国，有的是北京大学或者武汉大学毕业的。大学毕业以后我就在这个研修学校当了老师。

尾崎：我在本科第二年，也就是 1967 年就认识了西川，那时候工藤篁老师每个暑假都组织我们去山里有温泉的地方合宿，非常偏僻的没有水电的地方，但可以泡温泉。我们日本的大学管这种集体住几天读书讨论的旅行叫作合宿。

为什么选偏僻的地方呢？温泉很有吸引力当然是一个重要原因，但主要是因为地方偏僻，离市区太远，所以大家到了合宿地点之后几乎就跑不掉了，这样在一周的时间里就能够安心学习。东京大学当时管学中文的第二外语班叫作 E 班。A、B 班是学法文的，C、D 班是学德文的，E 班是学中文的，指的都是第二外语班。E 班上的女学生所占的比例很少，本来学中文的人数就少，女生就更显得少了，所以合宿的时候一定要请其他大学的女学生过来。主要请的是御茶水女子大学中文系的学生，学生都是女的，而工藤先生还联系了樱美林大学，樱美林大学也是女生比较多的学校。邀请校外的女生参加，可以让 E 班男生更积极地学习汉语。

合宿的几个月前我们就开始酝酿合宿的事情，包括怎么安排课程，怎样分班学习，还要自己抬东西，比如自备的菜和米，爬几个小时的山，然后合宿的时候自己做饭菜。就这样，本科第二年合宿时我和西川就认识了。

西川：认识是认识了，但是当时我们两个人并没有一见钟情，而且追求我的人很多（笑）。

工藤先生教汉语的方法特别厉害，我记得参加第一次合宿，学习的材料就是《李双双》的剧本。当时我们只学了几个月的汉语，才刚刚学完汉语拼音，就要学习《李双双》的剧本。而工藤先生其实并不教，只是让我们自己朗读，最后还要表演剧本的最后一幕。这对我们来说太难了，所以还清楚地记得。

尾崎：前面说过，本科我一共读了六年，所以第五年的时候，西川就本科毕业了。她找的工作是晚上去中国语研修学校当汉语老师，工资很低，所以她还要找兼职工作。当时跟今西先生说了她的情况，今西先生就建议她到东京大学中文系办公室打工，过去叫副手。

西川：负责复印、倒茶这些杂事，帮老师们的忙，还要整理书籍。每周去三天，一共做了三年。白天去东大，晚上则去教书。

尾崎：西川在东大打杂的时候我还没有毕业。我们开始谈恋爱正是这段时间，当时我的情绪特别颓唐。

1975 年结婚时的尾崎与西川

西川：我记得清清楚楚，尾崎经常去打麻将（笑）。

尾崎：是很懒的学生。西川在中国语研修学校当老师以后，教了几年书，当时学校里中国教师和年轻的日本教师各占一半左右。在日本老师里面，她慢慢成了骨干人物。1972 年日中邦交开始正常化，再过几年，中国教育部对外国留学生放宽政策，开始接受由中国政府提供奖学金的留学生。

西川：当然中国政府以前也有与日本友好人士的交流，但大都是党派人士，以前的社会党的友好人士的子弟有不少都去过中国，只是我们一般人都不知道。到了 1974 年、1975 年的时候政策就稍微放宽了一点。

尾崎：此前，当日共和中共保持良好关系的时候，中共方面会接受日共的高干子弟留学中国，或是一些特殊人物，特别是有名的日中友好人士的孩子。类似的交流在“文化大革命”以前，以及“文化大革命”期间都有。招生对象的范围稍微开始放宽是在 1974 年、1975 年，但针对的对象也限于日中友好团体。

西川： 幸亏我所在的中国语研修学校也是日中友好团体，1976 年开始有名额给我们学校。我一直想去中国，但当时没有留学生制度，所以 1976 年有了留学的机会，我实在太高兴了。当时我和尾崎已经结婚一年多了，尾崎也为我高兴。于是，我就在 1976 年 9 月去中国留学了。

四
西川优子：我的留学生活

尾崎：其实西川在留学来北京之前，早在 1970 年就曾经访问过中国。

西川：当时是中国的共青团中央邀请日本学生访问中国，我是访问团的一员。

尾崎：因为中共与日本共产党决裂后，需要在日本培养新的亲华力量，所以共青团中央邀请了一批日本青年访华。想在日本青年中培养支持中国的友人。

西川：我参加的已经是第四次访华团了，这一次邀请了日本全国的一百二十名学生和青年。一共举办了六次。我这次在中国待了三个星期。那时候没有直飞北京的航班，所以先飞到香港，再坐火车到深圳，在罗湖口岸进入中国大陆。1970 年日中两国还没有建交，所以共青团很重视，郭沫若先生也飞到广州来接见我们，主持欢迎我们的宴会，上的菜非常好吃。在广州我们参观了黄埔军校遗址，然后去了革命圣地井冈山。我们还去了上海，了解新中国的工业成就，去了上海的工厂，还参观了上海展览馆。在北京则看了《收租院》的雕塑，还去了清华大学，跟红卫兵开了一个座谈会。2007 年我们去清华大学访学，在一个办公楼开会，我一下子就想起来了，当年就是在那里与红卫兵们开了座谈会。

在北京还发生了一件有趣的事情，我们在中国的活动都是由中国国际旅行社安排的，我和代表团中的其他两个人，没有向旅行社负责接待我们的工作人员通报，就出去散步了。我们走进一个胡同，碰到了警察检查，他们认出来我们不是中国人，因为一看我们穿的衣服就知道是外国旅行者，怀疑我们是外国间谍，就把我们拘留了，带到派出所。我们在派出所马上跟旅行社的人联系，旅行社来人说明了情况，很快就把我们放了。

尾崎：我也是留学以前去过一次中国，那是西川在北大留学的最后一年，1978 年的夏天。我跟随的是一个社会科学代表团，成员都是研究社会科学的学者，算是第二批，第一批由京都大学负责组织，第二批则是东京的学者，一共有三十个人左右。里面有很多人是我的老师，木山英雄先生、今西老师、户川老师都在代表团中。我们在中国待了三周，去了北京、杭州和上海，最后从上海回到日本。

我想要谈谈自己第一次去中国时对北京机场的印象。我一到北京的首都国际机场就大吃一惊，真的是特别吃惊，首都国际机场竟然没有楼房。当时的北京机场只有很小的木制两层楼，感觉又矮又小，而且只有一栋。下了飞机，乘客需要自己走过停机坪才能入关。我们是晚上到的，机场也没有光亮，几乎什么都看不见。只能在木制两层小楼的屋顶部位看到红色霓虹灯的“北京”字样。入关经过的门也很小，而且只有一个门，木制的栏杆，边上只站着一个海关人员。也就相当于现在日本最偏僻的一个 JR（即 Japan Railway，日本国有铁道）线上的火车站。当时楼里面也很黑，看不到电灯，我们出示护照，盖了章之后，几步就走到了航站楼的外面。从飞机场到北京市区我们坐的是面包车，面包车里面也没有开灯，仍然是黑黑的，外面也完全是暗的，看不到亮的电灯。大约每五十米有一个路灯，里面安装的是很小的灯泡。后来搞清楚了面包车里不开灯的原因，是因为当时中国正处在备战状态，跟苏联关系很紧张，所以晚上不能开灯。车灯在晚上也是不允许开的，面包车因为不开车灯，行驶过程中也看不见前行的方向。

西川：没关系，反正路上也没有什么车辆。

尾崎：路上的确没有别的车，感觉漆黑一片，坐在车里面人脸都看不清。第一次去北京，印象最深的是北京的机场，令我大吃一惊。所以我对北京的第一印象是北京晚上没有灯，很黑，什么都看不见。其次印象深刻的是，入关的时候机场只见到一个工作人员负责入境手续。第三个是北京的地面，当时很多路都没有铺好，除了大马路是柏油路，其他的路都是土路，很硬的黄土，上面是浮土，走路时鞋上很容易沾满灰尘。这个感受跟鲁迅小说里面描写的完全一样，所以感觉很兴奋。当时要带北京的地图来中国，我们找到的是清代光绪年间的北京地图的复制品，很详细，到

木山英雄（右）与周丰一

北京后一对照，整个北京城的格局几乎没什么改变。除了几条马路和城墙，尤其是二环以内，没什么大的变化。厂甸那边也是与地图完全一模一样的，所以感受很深。虽然当时是夏天，城市颜色的基调却是土色，树木也比较少。自行车多，汽车特别少。

在北京期间我跟木山先生一起去了周作人住过的八道湾，当时周建人的公子周丰二还在那儿住，周作人的长子周丰一恐怕是没有住在里面吧。周丰一的房子“文化大革命”的时候被人占了，“文化大革命”结束后给他另外安排了一个住处。周丰一当时是北京图书馆的馆员，我跟木山先生去北图找他，在北海公园旁边，就是那个时候与周丰一第一次见面，以后就一直有联系。

我们在八道湾胡同里也被逮住了（笑）。不过不是被警察带走，而是居委会的老大娘过来，问我们是哪里的。我们赶快就跑掉了。

西川：老大娘的警惕性非常高，如果发现你们是外国人，估计马上就要报告警察。

尾崎：那是我第一次来中国，当时心里涌起的是参拜革命圣地的感情。当时“文化大革命”已经结束了，但是改革开放还没开始，有点像“文化大革命”晚期的那种气氛，没有根本的变化。路上也几乎看不到什么汽车，行人也不多。五道口那边还能见到骡车。

西川：我到达北京的具体时间是 1976 年 9 月 7 日。当时飞机不再是先到香港再转机，已经是从东京直达北京。现在从东京飞到北京大约三个小时，而那时候我们飞了四个小时。因为要绕过朝鲜半岛，所以先从上海进入中国领空，从上海上空入境，然后飞到北京。

记得当时飞机上除了我们去中国留学的十一个日本人以外，还有一两个去中国做买卖的日本人，所以飞机上空荡荡的，有很多空座位。

到北京之后，一开始去的是语言学院，待了两个月，到 12 月初正式进入北京大学。去语言学院的时候我们都不知道自己随后会被分到哪个大学，当时接受留学生的学校，在北京除了北大、清华和中医学院、体育学院以外，几乎没有别的大学。北京之外，好像辽大可以招收留学生，此外还有广州中医学院。

我从此开始了两年，也就是从 1976 年到 1978 年的北大留学生涯。中国教育部给我的是两年的公派留

姓　名 尾崎优子

性　别 女　年　龄 28

籍　贯 日本

系　别 中文

班　别

学　号 7610911

北京大学革命委员会

发证日期 1976年12月10日

西川留学时期的学生证

学生资助。留学生办公室有专门安排给留学生的课程，但我没去听过。我插了北大中文系 1975 级语言班，那时候是三年制，所以跟 1975 级同学一起学习了两年，也就与中文系 1975 级语言班的同学有了更多的交往。其中有我很好的朋友蔡文兰，她毕业后去了社科院语言所，去年刚退下来，当过代理所长。还有一个是覃远雄，毕业以后回到广西，后来去了社科院语言所。还有我的同屋，最亲密的朋友小毕，叫毕雪融。

尾崎：雪融生于 1952 年，她出生的时候苏联正在批判斯大林主义，是政治上雪融的时期，她的名字就由此而来。她毕业后一开始分配到民政部，后来调到人社部任处长，最后当了司长。

西川：她最大的功劳是参与创建了中国公务员的考试录用制度，当过考试处处长和考录司副司长。她来过日本，也去过许多国家进行考察。

当时北大实施了留学生的陪住制度，留学生都是跟中国学生住在一起，我的第一个同屋是沈阳人张春梅，一个可爱的女孩儿，是学校安排的。她最大的特点是爱说话，当时我们一天到晚聊个不休。不过当初我的听力太差，跟她聊时，我总是离不开汉日词典。对我来说，春梅真是个很难得的汉语老师。果然她毕业后回了老家，在一所大学当老师教留学生。第二年的陪住同屋可以自己挑选，我选的是毕雪融。为什么选毕雪融？里面还有一个小故事。现在的北大从宿舍到教学楼卫生条件都已经很好了，特别是教学楼的洗手间，比我们那时干净多了，洗手间里也有门了。以前的洗手间有的没门，总觉得很尴尬，跟同学一起去洗手间，看到没有门，只说怎么办，怎么办（笑），觉

西川与第一个同屋张春梅

张春梅送给西川的杯子

得很难为情，而且厕所里是没有卫生纸的。教室里面也非常脏，玻璃窗户也觉得破破烂烂的。有的窗玻璃都是破的，大风天风会吹沙土进来，下雨时雨水也会淋进来。大家废纸都是随便扔。我第二个陪住的同屋——同班同学毕雪融，是我自己选的。当时中文系汉语专业 1975 级学生一共有三十六人，其中一半是女的，我从中可以挑选一个做我的同屋，应该挑选谁呢？我很犯难，因为大家都很好，而且都很开朗，想来想去想不出一个好办法。有一天我们去上课，教室地上有人扔了好几张废纸，我看到小毕不经意间就把废纸都给捡起来了。这个细节被我看在眼里，我就看

西川与同屋毕雪融

上她了，心想就跟她一块儿住吧。从这个小的细节上我觉得她可以做一个很好的同屋。她的家庭教育很好，从捡起教室里随便扔的废纸这件事上就可以看出来。而她的为人也是至今不变。

这种中国学生陪住的制度很有意义，对留学生学习汉语、了解中国都非常有帮助，可惜不久后就取消了。我与陪住的中国同学毕业后一直都有联系，可以说是终生的好朋友。这样的好朋友除了张春梅、毕雪融、蔡文兰，还有从阿根廷来的张玫珊。

我刚到北大不久，“文化大革命”结束了，之后，

西川与中国同学合影

北大就慢慢恢复了正常上课，老师们也都回来了。第二年，也就是1977年，朱德熙先生也从文物局回来了。

尾崎：乐黛云老师也是那个时候回到北大的。

西川：他们还没回来的时候，是王理嘉老师，还有石安石老师给我们讲课。我的同班同学当时有三个月的军训，军训期间不上课，我也要求跟他们一块儿去参加军训。那时候不是讲究“三同生活”嘛，也就是同吃、同住、同劳动，所以中国学生的活动我都要求参加，但是被大向给拒绝了。大向就是向景洁老师，那时候是中文系的副系主任。

我留学的第一年没什么特别的课，第二年有朱德熙先生的课，朱先生也是很长时间没讲课了。我第一次听他的课觉得完全听不懂，所以我就问他可以录音吗，朱先生说可以。我要录音也有充分的理由，当然第一个理由是我的确听不懂，第二个理由是我说回日本以后可以把录音给藤堂明保先生，还有平山久雄先生听。听我这么一说，朱先生当然很赞同。我就每周上两次他的语法课，上了一学期。

此外王力先生的演讲我也有录音，王力的特别讲座我也听了，就是 1978 年 5 月在北大召开的“五四”学术讨论会，那是“文化大革命”后的第一次盛会。会上王力先生和朱德熙先生做了演讲，我坐在最前排都录了音。

回国以后我们搬了好几次家，东西也整理了好几次，但录音带每次都会带着走。到了去年，觉得如果再不整理，磁带掉了磁，就不能听了，所以距离录音的时间三十几年之后，我们把录音都整理出来，刻录了光盘。去年回北大的时候送给了陆俭明老师一份，也送给了袁毓林老师，袁毓林是朱先生最后一个博士

西川与朱德熙夫人

生，还通过袁毓林老师让中文系的资料库保存了一份。送给资料库，是我留学生涯能保留下来的最好的记忆。

我因为回国以后还要继续教汉语的生涯，就想在写作方面也多训练一些。因为我没去语言学院专门训练过写作，用中文写文章还是很困难，所以想要多学，跟大向还有中文系负责留学生工作的蔡明辉老师商量，我的要求他们都答应了。为什么答应得这么痛快？是与此前发生的一件事有关。有一个跟我一起来留学的日本女孩，她也有中国同屋陪住，是文学专业的，她们的关系很好。有一次她的中国同屋邀请她和我两个日本人去自己家里玩，还请我们吃饭。这在当时是违反规定的，留学生不能去中国同学家，所以我就跟我的日本同学商量，我们应该打扮成中国人的样子。我们决定穿中式的衣服，可是我的眼镜不像中国人戴的眼镜，还得重新配一个。我就去王府井配了新眼镜，但配得不好，因为焦点不准，戴上一会儿就头晕，但毕竟有点儿像中国人了。我们就去了中国同学的家里。她的爸爸是那时候的全国政协委员，所以住房条件特别好，家里还有保姆。结果她家里的保姆向北大告了密。我们吃了喝了很高兴地回校，没想到第二天就被系里叫去批评，让我检讨。我不认同他们批评我的理由，就不想低头认错，所以大向和蔡明辉就要说服我，让我第二天还要再去系里，继续做我的思想工作。

尾崎：西川当时表示说，她和其他的留学生对系里的这个做法很不满意，想表达一下留学生们自己的意见和想法。大向看出事态有严重化的苗头，如果闹大了就不妙了，所以就安抚她，也想大事化小。最后就给西川特别安排了辅导。

西川：大向最后也改变了想法，还问我学习上有什么困难，我就趁机说了想加强中文写作训练。大向就说："好吧，想用中文写文章的话，我帮你找个老师上门辅导。"他马上派一位姓张的老师辅导我写作。此后朱德熙先生就每周来我宿舍给我做个人辅导。阅读方面也还是经常感到有些困难，又请了乐黛云老师来辅导我。这样就一共有三位老师围着我，我也就没办法，只好拼命地学了（笑），一共持续了一学期。

就这样我跟乐黛云老师结了缘，变得非常熟悉，所以后来每次到北京跟乐老师见面，她都非常亲切，说"西川瘦了"，或者"西川胖了"。

尾崎：朱德熙先生西南联大期间在昆明住了很长时间，夫人也是昆明人，当时就习惯喝咖啡，生活很西方化。后来到了北京就很难再喝到咖啡，可是到西川的宿舍辅导的时候，西川用咖啡招待他，朱德熙先生就很高兴。喝的是我从日本给西川寄的很便宜的那种大瓶的雀巢速溶咖啡，不过朱德熙先生依然喝得很高兴，也因为好几年没喝过咖啡了。

西川：我就劝朱先生多喝点儿，多喝点儿。

尾崎：我也就继续为西川寄咖啡过来。

西川：朱德熙老师给我辅导的时候，我的同屋毕雪融，还有同班同学蔡文兰，她们也跟着一起听。与我同时来北大中文系的进修生杉村博文也来听，所以后来我们是一共四个人一起接受朱老师的课外辅导。

尾崎：杉村博文本来是大阪外国语大学的高才生，后来当了大阪外大中文系主任。他跟我刚才提到的木村英树是日本数一数二的、别的人都很难企及的现代汉语研究者。

1978 年春节西川与留学生同学吉米唱歌

西川：乐黛云老师带我读的是曹禺的《雷雨》,《雷雨》人物太多了，而且乐老师提供的剧本没有拼音，真是很难。乐老师用聊天的方式给我辅导。他们几位老师只有在辅导我的1977年的下半年那段时间比较空闲，因为刚回到北大，还没有怎么安排课程。几位老师通常都是辅导一个下午。朱德熙先生是每星期四下午来我的房间，乐老师也是一周过来一次。还有蒋绍愚老师也帮过我的忙，因为我古汉语也有困难。蒋老师不是每周有固定时间来我的宿舍，记得他只来过几次，是在考试之前进行一下单独辅导。而考试的时候

1978年7月考试周结束后在北大图书馆前的合影（后排女生为西川）

会走到我的座位旁边，指点我的试卷，小声说这个不对，改写后还说不对。所以我就写了三种答案，请老师挑一个最好的。

尾崎：1977 年的秋季学期他们是比较轻松的，中国教育部在 1977 年恢复了高考制度，1977 级的本科新生在 1978 年 2 月正式入学之后，老师们给 1977 级的学生上课，每个人才开始兴奋紧张起来，开课也就随之正规起来。

西川：我 1978 年 9 月回到日本。1977 级的新生进北大时，我熟悉的中国同学都已经三年级了。后来听说他们与新生的关系特别不好，我的同学们太可怜了。如果我那时候知道的话，我可以帮他们打架（笑）。1977 级以后的新生除了张玫珊以外我都不认识，所以我跟 1977 级没有什么交流。后来才认识了夏晓虹、黄子平、张鸣、岑献青。

尾崎：西川总是说 1977 级的学生炫耀自己的水平高，对以前年级的学生都看不起，有时候会说前几级的学生是伪北大生。西川认为，1977 级以前进北大的虽然是“文化大革命”期间的工农兵学生，但里面也出了不少非常优秀的人。比如刚才她说到的同学蔡文兰，是搞语言的；搞文学的则有曹文轩、商金林，还是不少的。因为当时的学生都是从全国各地推荐过来的，当然有的是干部子弟，或者是有背景的，但还是有真正的尖子，真正有才能的学生，所以不能一概而论。

西川：我们留学的时候，北大的一个特点在于师生关系比较密切，交流也比较多。感觉和现在已经不大一样了。留办的老师也很好。不光我读的中文系，其他院系比如历史系留办的蔡火胜老师，他常来看望学历史的日本同学，顺便来看我，问我生活上有没有困难，对我特别热情。

尾崎：当时留办的主任是柯高，是印尼华侨，副主任是黄道林，还有一个副主任，是个女的，名字现在记不起来了。蔡火胜原来在历史系管理留学生，后来调到留办。90 年代与我们一起合办《学人》杂志的王守常，则是哲学系负责管理留学生的辅导老师，相当于中文系的蔡明辉的职务。

1978 届外国留学生合影，前排右九为西川

西川：他也是“文化大革命”时期的工农兵学生。

尾崎：他当时最主要的工作是参与 1977 级的招生。1977 级以前毕竟还是有一些很突出的、特别有才华的学生，不能一概否定。

西川：因为工农兵学生和 1977 级本科生所处的时代背景是一样的，文化背景也完全一致，怎么能互相攻击？

尾崎：不是互相攻击，其实是1977级单方面的攻击（笑）。

西川：我的北大时光最好的部分就是认识了工农兵学生，找到了一个很好的同屋，这对一个留学生来说是很不容易的，所以留学结束后也一直有来往。一般来说，有的留学生回国以后就与中国同学没有什么交往了，后来的留学生被取消了陪住制度，与中国学生就更缺少交流的机会了。

尾崎：我们留学那个时期，一开始的时候感觉中国学生还有些害怕外国人，校方也似乎不允许他们跟外国留学生交流。有一个日语系的女孩，是日本华侨的孩子，她到留学生楼来找我交流，结果第二天就受到全班的批判。

西川：1979年北大学生代表团去日本访问，我陪团当翻译，代表团里面就有这个女孩，我也认识她。

尾崎：那次她就受到了批判，因为要防止中国学生从留学生那里受到精神污染。在北大学日语的中国学生，特别是像这个华侨女儿这样的日语专业的学生，都想跟日本留学生练练日语，可是学校不允许他们跟日本人交往。

西川：我留学的时候，经常在未名湖旁边走走，早晨散步的时候，一定能见到几个日语专业的学生念课文、背日语。我听到他们的发音稍微有点问题时，就想纠正，走近他们时他们就跑开了。经过好几次这样的事情，我也就不敢继续尝试与他们交流了。回国以后，又过了几年，我在中国语研修学校讲课的时候，当时中国驻日使馆的人，有几个女的，不知道为什么来到我们学校。一见我就说当年你每天在北大商店里买糖吧。她们也是北大毕业生。我留学的时候的确跟几个日本同学常常一起在校园里活动，一起在校园内的商店里买糖果。“今天买哪一种？是买贵一点儿的，还是便宜的？”我们几个商量的时候都用日语，她们也经常去商店，在旁边听我们说日语，对我就有了印象，但那时候我们根本没有交流。

尾崎：这种比较隔绝的情况到了 1983 年左右开始变化，校方不再监管和控制了。

西川：我对北大时期学校给我们安排参加劳动课的情形也一直记忆深刻。当时有劳动课，我在语言学院时就参加过劳动，可是语言学院的劳动课非常简单，就是给花草树木浇点儿水，很轻松的。我在北大那段时间里，跟北大的学生一起上过很正规的劳动课。

北大东门出来在成府路上有学校的一群教学楼，再过去就是现在的北京大学出版社的大楼，我们就在那一段马路上挖沟，大概是为了铺管道，用来埋水管或者修下水道吧。具体什么用途中国同学也不知道，本来也没有跟我们说明。我主动申请参加，留办也批准了。我们挖的沟大概有一米多宽，要求挖得很深。我自以为很会挖，可是我根本挖不深，而且挖了大概一刻钟就觉得累，受到中国同学的嘲笑（笑）。而那些工农兵出身的同学都很有技术，他们挖的沟又深又直。

留办还组织我们去割麦子，在北大西边的四季青人民公社，现在应该叫四季青乡了。我们当初割麦子的那片农田现在大概也应该没有了吧，都盖成高楼大厦了。一听说要去割麦子，我们留学生都非常高兴，可以说兴奋得要命，头一天晚上就兴奋得睡不着觉。大家都快后半夜两点钟才睡着，而凌晨三点钟就得起床。四点钟天还没怎么亮，我们就已经赶到四季青公

1977 年 6 月西川与同学一起割麦子

社割麦子了。

割麦子的时候，一开始大家都非常雀跃，可是只割了一刻钟，就都倒下了。休息一会儿继续割，一会儿就又撑不住了，腰酸得很。留学生们以前大都没有这种劳动经验。留办的柯高、黄道林、蔡火胜等几位老师非常生气，因为四季青公社特意给我们留了一大块儿麦田，而我们割不完，无法交差。最后是留办的老师把其余的麦地割完了，他们都很有技术。后来就不搞类似的活动了。这些都是特别有意思的留学记忆。

五

尾崎文昭：我在 80 年代初的北京大学

尾崎：我和西川去北京留学，其实时间上一直是错位的。1978 年她回日本，1980 年轮到我过去。接下来聊聊 1980 年到 1983 年我留学期间的话题。

中国教育部跟日本文部省实施的互派留学生的交换计划，当时分普通进修生和高级进修生两种，博士生以上的叫高级进修生。我是博士候选人，所以是以高级进修生的身份来中国的。当时的北大还没有建勺园，也就是后来的专门的留学生楼。留学生楼有两栋，女生的二十五楼和男生的二十六楼，靠北大南门东边的就是二十五楼，二十五楼的北边是二十六楼。我住二十六楼二层东侧的一个房间，窗户朝东，窗外是五

1980 年尾崎在二十六楼留学生宿舍

四操场，住得很舒服。

高级进修生计划是为期一年的，日中两方互相派遣进修生的时限都是一年。人数对等，日方派十个人，中方也派十个人，完全是对等的。派到中国的留学生，由日本文部省负责挑选，经费由中国政府给，出奖学金。反过来，中国学生到日本则由日方出钱。为期一年，不过一年结束后我又两次申请延期，一共在北大待了三年。其实这是违反规定的。后来有个中国教育部的人跟我说，中方对我申请延期是感到高兴的，因为我一再延期的话，中国方面也就有权要求留日的中国留学生同样申请在日本多逗留一段时间，中国学生在日本也可以待上两三年。

再过几年以后，本科生留学计划也开始运作了，留学的时间可以长达五年，读完本科。刚刚开始互派进修生的时候规定比较严格，而我打破了这个规定。

当时来北大的日本高级进修生，比我早一年的还有几位。其中木田先生是学中国历史的，目前在日本京都的龙谷大学，是一所佛教大学。还有菅谷、西村，都是学考古的，他们是比我早一届的第一批留学生。跟我一届来北大进中文系的有谷野典之，他先去了语

1981 年新年联欢会

言学院一年，然后与我同时进入北大。他有可能不是我这样的交换进修生，而是通过另外一个渠道来中国留学的，因为他在中国至少比我们这一类的进修生多待了一年。跟我一起来北大的第二批进修生中，有一位叫丘山新，是搞中国佛教的，去的是哲学系，跟从非常有名的研究中国佛教的楼宇烈先生。后来他当了东京大学教授，跟我一起在东大东洋文化研究所共事。跟我一届的还有谷丰信，也是学考古的，后来当了东京的国立博物馆的东方部部长。刚才提到的菅谷后来当了奈良的橿原考古学研究所的所长，已经退休了。去北大中文系的是我和谷野。

我到北大的时候整个外国留学生，男生女生加起来还不到一百人，其中日本留学生总共有四十多人。相对是比较多的，占的比重是最大的，当时还没有韩国留学生。

西川：有朝鲜的。我留学北大的时候还有越南的留学生。那时候北大一共有五十多个留学生，都有陪住的。

尾崎：我留学的时候一般的留学生都要中国同学陪住，而高级进修生可以一个人住。因为西川告诉我，女生一起同住成功的多，而男生是不成功的多（笑）。

西川：不知道为什么，可能是因为男生不太爱聊天吧。

尾崎：比我早来北大留学的，除了高级进修生，也都是有中国同学陪住的。其中我认得好几个，也做了朋友，可是男性留学生与陪住的中国同学一般总是有点小矛盾，关系很好的不多。了解到这个情况之后，我就要求自己一个人住。当时的四十多个日本留学生中，高级进修生只有五六个人，本科留学生比较多。有几个人还是西川留学时的同学。

西川：他们一般是在语言学院念一年，然后到北大再念三年。

尾崎：所以西川当年的这几个同学知道我和西川的关系，就对我很照顾。

第二年，也就是1981年，北大盖了勺园做专门的留学生楼，房间一下子多了，接收的留学生数量也一下子多了起来。本来总共留学生大概还不到一百人，

1981 年 9 月勺园开始使用以后，一下子增加到三百人左右。我当时也搬到了勺园。学校管理部门很清楚多接收留学生是能够多赚钱的，一个房间只让一个留学生住赚得就少一点，两个留学生合住的话就能够多收一倍的房费。所以 1983 年左右，在校方这里，接收留学生在某种意义上被视为一种产业，整个留学环境就慢慢地发生改变，时代毕竟开始变化了。也不可能再让中国学生陪住了，房源一下子变得非常宝贵。

我们留学第一年那段时间，因为人数相对较少，留办的老师们特别关心我们。比如说每天吃午饭的时候，他们就会过来看看大家吃得怎么样，嘘寒问暖。有时还和我们一起吃饭，一周里面大约三个晚上都有各种各样的文体活动，比如去看电影，去看话剧，组织一些体育活动等，活动特别多。出去看话剧对我们来说有点像过节，大家兴高采烈地一起去城里看剧，然后坐面包车或者大巴车回来。所以跟留学生办公室的老师们来往特别多，交流也就特别多，感情也很深厚。我们最喜欢的是蔡火胜，他对留学生特别热情。他头相当秃，留学生就戏称他为“秃子蔡”，但没有污蔑他的意图，表达出的是亲热的感情。还有大王，是当时留办最年轻的老师，个子很高，很擅长体育活动，打

去八达岭的火车

排球很厉害，所以经常组织留学生打排球，他也是北大排球队的。我们留学生和他来往也特别密切。后来大王成了北大校内的照相师。听说直到最近几年他还在北大给各个院系的老师同学们照相，经常带着他的女儿一起，让女儿当他的助手，估计也会女承父业吧。

西川：上次见到大王，他说已经把照相的事业传给女儿了。

尾崎：当时这些中国老师把他们自己的很多时间都花在我们留学生身上，关心和照顾我们。对留学阶段受到的关心和帮助，我们始终心怀感激，这种感激此后一直没有忘，直到今天。几十年来我们有时也在日本接待一些中国朋友，或者邀请一些朋友来日本，都是力图有所回报。

不过这种密切的关系搬到勺园之后有了改变。后来留学生虽然数量增加了，留办的老师们却并没有增加多少，因此就多多少少有些顾不过来了。再过几年之后这种密切的关系几乎就没有了。

西川：后来一般的留学生都对留办老师有所不满，没有什么私人来往，也没有感情交流。这个变化就是从1983年前后开始的。

尾崎：跟西川留学的时期对比，日本派遣留学生的情况也发生了一些变化。政府大量派遣留学生以后，学术研究型的进修生和高级进修生多了，他们本来就立志成为研究中国的学者。而之前的留学生，大都不是学者性质的，都是为了培养日中友好人士，推动日中友好，因此，两个阶段留学生的性格不太一样。以前以民间人士为主，政府派遣以后，留学生的主体主要是年轻学者。还有一些大公司——日本有名的一些大公司也派职员来中国，比如松下电器公司等。在我回日本的 1983 年，日本企业派的留学生越来越多，留学生的总数一下子就增加了。我估计——可能不大准确——整个日本留学生就有二百多人。企业派过来的留学生，有一些本来可能不大想要来中国，不大想要学习中文，但公司命令他们过来，因为要与中国做国际贸易，开发中国的市场。因此有些日本留学生的情绪比较低落，到中国后对中国的发展状况有些看不起，城市中也几乎没有日本东京那样的繁华的中心港。他们没有主动积极地学习中文的热情，生活上就比较懒散，所以整个留学生楼的气氛是消沉的。有些留学生特别懒，晚上打麻将、喝酒，讲究个人的生活质量，自己买冰箱，放在勺园宿舍楼的走廊上，还有人买了微波炉。这些在当时的中国人眼里都是比较奢侈的生活用品。有些留学生还自己做菜，学习的欲望就越来越下降，所以 1983 年前后留学生的生活状况完全改变了。当时北大留办的老师不多，也就管不过来，有些留办老师当然也还很关心留学生，但个别老师不大讲究，态度比较生硬，留学生的对抗情绪也同等激烈，双方的对立情绪都强化了。而新一代留学生的背景本来就跟我们不一样，我们那批人在心理上就预先

1983 届外国留学生合影，后排右八为尾崎

准备要与中国同学一起过“三同生活”——同吃、同住、同劳动，也有意愿体验和了解老百姓的日常生活，愿意参与到中国的社会生活中去，虽然实际上做不到。而这种意愿在新一代留学生中越来越少了。新一代留学生，尤其是企业派来的，大都把自己在日本的生活方式搬到留学生活中来，生活态度和行为方式也有日本式的自由。这样跟北大的要求之间就有了比较大的反差，所以跟留办的老师就产生了冲突。1985 年前后的留学生对留办的老师们骂得很厉害，而西川那时候

与留办老师的关系则特别密切；到我留学的时候，关系也还是比较密切的。这一切到了 1983 年前后开始有了明显的变化。

我本人非常怀念二十六楼的生活，虽然条件差了点，比如二十五楼、二十六楼的淋浴还都是水龙头，没有花洒的，热水汇成一条水柱直接浇下来。浴室的地面也是水泥地。

西川：而且热水每天只供应半个小时，洗澡时要跟中国人和外国人挤在一起，像打仗一样，因为半个小时后就没水了。我们女生要先洗头发，别的都先不管。

尾崎：搬到勺园之后，虽然房间好了一点，淋浴室也漂亮了一点，可就是觉得缺少一点生活味儿。而一开始住二十六楼的时光，现在回想起来依然觉得很新鲜、很热闹。我们本来就有意愿体验中国的生活，抛开日本的资本主义生活方式，所以留学的生活条件虽然差一点儿，心理上还是愿意接受的。我们在学生食堂也吃过粗粮，吃过玉米粥、玉米窝头。

西川：玉米窝头做得好的话还是可以的。

尾崎：我觉得玉米粥还是不太好喝。

西川：热的玉米粥也还好的。

尾崎：留学生食堂是单独为我们开的食堂，伙食比较好一点儿。

西川：当然比现在北大的学生食堂还是差得多。

尾崎：可我们留学生还是愿意去中国学生的食堂吃，记得那时三毛钱或者五毛钱就可以吃一顿饭。中国学生的食堂里早餐五分钱就够了。留学生食堂还有西餐，或者疑似西餐，有的比较像样，也有很不像样的西餐，供应烤肉。早餐有鸡蛋和牛奶，所以营养还是可以的。留学生活方面，冬天房间里不允许开电炉，屋子太冷。虽然有暖气，可是通常到了半夜十二点就停了。

西川：我的房间冬天一直有暖气的。

尾崎：我那时是半夜十二点停暖气，所以到了后半夜一两点钟就凉了下来，留学生就都开电炉，烧热水，所以常常断电，几乎天天晚上都是如此。是用电量超过负荷跳闸了，不是管理员把电拉了。我们就自己去接上保险丝。冬天屋子里很干燥，宿舍里面还是水泥地面，所以晚上需要在地面上洒点儿水，湿润一下空气。洗了衣服也都挂在屋子里，只需挂一个晚上，第二天一早起来就干了。这种生活在日本没有经历过，如今回想起来感受特别深。

我一到北京就买了一辆自行车，留学生都自己买。海淀商店里有自行车卖，可是我们没有工业券，所以

尾崎（右）游览长城

不能买，只能去建国门外的友谊商店去购买，当时的友谊商店主要是针对外国人的。

西川：我到北京后也买过一辆自行车，是上海生产的凤凰牌，比较贵，当时要人民币一百多块。

尾崎：西川当时买到那辆凤凰牌自行车之后就骑着回了学校，可是新车的螺丝还没有拧紧，所以没骑多久，一个踏板的螺丝就掉了。路上连忙找修车铺修车。

西川：幸亏当时我有一个认识的日本同学，比我高一年级。他大概是从新街口那边骑车过来帮忙，我就跟他交换了自行车，他知道在哪儿能修车。换了车之后我才发现他的车太难骑了，我买的是女式的，中间没有横梁。而他的自行车是男式的，三角框架，有横梁的，我费了半天劲儿才骑上去。好不容易骑着回到语言学院。

尾崎：我们日本习惯骑的是二十六寸的，她的同学骑来的自行车是二十八寸的。问题在于，这种自行车车座太高，西川蹬起来之后脚就够不到地面了，骑行起来之后还可以应付，可是遇上一个红灯，就很难停住。绿灯亮了又开始骑行的时候就左拐右晃，在她后面骑车的人就很不满。

西川：幸亏那时候骑车的人不太多，也有专门的自行车道，比较安全。

尾崎：当时生活中印象更深的是坐公交车。有一个印象是一到冬天，外面到了摄氏零下十多度，但公交车窗却全都拉开。所以车里很冷很冷，他们当时不习惯关窗，这个习惯很有意思。在车内可以呼吸到新鲜的空气。

我去中文系五院找乐黛云老师，她在现代文学的教研室，当时在五院北边二楼的东侧。当时外面很冷，温度也到了零下几度，但乐黛云老师也是把窗户全部打开，习惯了。当时中国人似乎都不习惯关窗户，教室里也是，教室里的温度也是零下，很冷，可是窗户都开着，大家都不习惯关着窗，教室里的空气就不会浑浊。我们留学生上课的时候都带着坐垫，也有同学穿棉大衣。如今回忆起来，我对不关窗的习惯印象很深。

西川：当时北京公交车的售票员特别好。我刚到北大还不到一个星期，学校组织我们去展览馆看电影。看完电影可以坐学校的大巴车回校，但看电影的人太多，我出来得又晚，出来之后发现找不着认识的人，停车场有好多辆大车，哪辆车是北大的我也认不出来。没办法，只好走到动物园公交车站，然后跟公交车站的工作人员说我没有带钱包，他说你上车时跟售票员说明情况试试看。售票员一听我说话就知道我是留学生，态度非常好，说没问题，你上吧。到了中关村下车以后又找不到回学校的路，因为天已经很晚了，黑灯瞎火的，我就迷路了。路边碰上几个人在打牌，问北大南校门在哪儿，说很近，就给我指了路。所以我对公交车的印象比较好，售票员的态度也很不错，觉得当时中国人对留学生都挺热情的。也可能因为当时留学生特别少，外国人也很少。当时的中国人叫我们老外，其实都还很客气、很热情。

尾崎：实际上当时中国也有另外一种情形，仍然有中国人觉得外国人有从事间谍活动的可能，警惕性比较高。当然大部分中国人对外国人比较客气，持欢迎的热情态度。其中也有中国法律以及公安方面特别保护外国人的原因，比如偷了外国人的钱，会罪上加罪，打伤外国人的话可能要判重刑，所以一般人与外国人接触都会小心翼翼，有点儿害怕。担心与外国人有牵连的话，自己会惹麻烦，所以对外国人比较客气，也有这个因素。

可是这种情况到了1982年、1983年就慢慢变化了，外国人被偷钱包的事例也开始多了起来，因为小偷不怕了，公安不那么管了。小偷都知道留学生有钱，专门对留学生下手，所以情况在1982年前后就发生变化了。1982年、1983年的时候，中国社会的治安也不太好，所以1984年在全国实行了一次严打，抓了很多犯罪分子，真的是特别厉害。

西川留学的时候，北京更是非常安全，一般市民对外国人都不大敢接触，怕惹麻烦。当时还遗留了一些“文化大革命”时期社会生活的气氛。在我留学的三年间，中国社会发生了很大的变化。

当时的公交车从北大的南校门到动物园是一毛钱，到王府井就一毛五分钱。但是对当时的中国人来说也是很贵的，差不多是一顿饭的钱。

西川：我的同班同学毕业以后开始工作，一开始工资也就是二十多块，而在北大读书的时候中国学生的伙食费补贴是十五块五毛。老师的工资是三十到四十块钱，而我的奖学金是一个月人民币一百二十块，在当时是挺多的了。

回国之前，我想把所有剩下的钱都用来买礼物带回日本。我在友谊商店买了一件古董，花了一百二十块，相当于我一个月的补助，是一块德国产的旧怀表，第二次世界大战前生产的，想送给黎波老师，黎波老师特别喜欢小玩意儿，用来收藏。这只表真的是很好看，表壳的背面是透明的，可以看到里面的齿轮等机械零件，特别漂亮。我问售货员这块表可以走吗，他们说会走的，结果买回来后走上十分钟就停了。我回日本后送给黎波老师，他很高兴，我跟他说中国人不喜欢送钟，可是送表做礼物应该可以吧，他说无所谓。

不过，当我买回来让蔡文兰还有同屋的毕雪融欣赏时，她们都骂我，说太贵了，你上当了，受骗了。我只能反驳说社会主义国家卖东西不会骗人，她们就回答说“对对对”（笑）。

尾崎：我留学时拿的应该是一百八十块钱。

西川：你是高级进修生，我是普通进修生。另外到你留学时可能补助也相应地提高了。

和当时普通的中国人相比，我们拿的补助的确是很高了。当时普通工人和中学教师挣的工资都是三十多元钱，而且据说十几年都没有变化。所以我们的补助差不多相当于他们工资的三倍到四倍。那时候有钱，可是没有东西买，所以就在学校小卖部买糖。买糖当然也花不了多少钱，剩下的钱还是存起来，然后用这些钱去旅行。我们留学生纳入学校计划中的外出旅行学校有额外的补贴，用于火车费和住宿费，可是我们自己也还得付一些。

尾崎：当时留学生食堂的价格比学生食堂贵一倍左右。

西川：可是米饭、粥什么的都挺便宜的。

尾崎：留学生食堂的米饭好吃，比学生食堂好得多。冬天的晚上，有时候想改善生活，我们就去南门外街对面的长征食堂吃饺子。

西川：我喜欢吃长征食堂的炒饭，油放得多，味道很厚足。

尾崎：再点一点儿凉菜，喝二锅头。一两或者二两，取暖。我对长征食堂印象很深刻，除了冬天喝二锅头，夏天他们卖啤酒，散装的鲜啤酒，装在一个大锅里面，有人买的话就用勺子舀，然后往塑料的杯子里倒，一杯是一毛五分钱左右，杯子的押金记得是八毛。结果啤酒都没了泡泡，而且是温的，一点儿也不冰。

西川：我们用暖瓶去装啤酒，不起泡，又是黄色的，所以我们戏称啤酒叫马尿（笑）。

尾崎：长征食堂我们经常去。有时候坐公交车进城，回校时赶不上吃晚饭。因为学生食堂或是留学生食堂的晚饭时间恐怕不到一小时，也就半个多小时就没有饭菜，关门了。回来时赶不上食堂饭点儿的话就去长征食堂，长征食堂也是八点左右就关门，所以再晚就没饭吃了。

西川：长征食堂不要粮票，而且就在学校南门对面，特别方便。

尾崎：当时没有什么饭店，校外只有一家能够吃饭的地方就是长征食堂。长征食堂是国营饭店，非常卫生。地也扫得非常干净，当时的员工服务态度也很好，还得了北京市的服务一等奖。

西川：进城的话就没办法了，只好去北京饭店或者民族饭店，里面吃饭很贵。

尾崎：晚上为什么不能及时坐公交车赶回学校呢？因为根本上不去公交车，人太多了，尤其是下班时间，所谓的晚高峰，人太多，车上挤得满满的，人根本不排队，车一来就拥上一团。要成功上车起码要半个小时，有时候要等一个小时才能够上去车，特别是在动物园坐332路回北大时。

西川：332路，我最爱的332路。不开心的时候，就坐332路去动物园看熊猫，跟熊猫说说话，就好了。

尾崎：公交车进站，有时候停在这儿，有时候停在那儿，似乎每次都没有固定停站的位置。跑到前面的乘客等车门开了要上的时候，里面的乘客涌出来，反倒把前面的人挤到一边去了，结果是排在后面的人倒能够先上车。所以上公交车是需要技术的。

这些琐碎的日常性细节，在我们此后的人生中不断回首，都成为难忘而有趣的记忆。更不用说在留学生涯中我们所亲历的那些堪称大的历史性事件了。

六
在燕园亲历大事件

西川：我留学的时候，留办要求我们留学生参加当时的很多政治活动。我刚到北京后的第三天，毛泽东主席就逝世了，那时我刚刚到语言学院，也被要求参加悼念会。进北大以后，赶上了毛主席纪念堂动工修建，大学生们都去建筑工地挖土。我们留学生也踊跃要求去纪念堂工地劳动，可是被拒绝了。外国人不被允许，而我的中国同学都去了。第二年毛主席纪念堂竣工以后，留办组织我们去纪念堂瞻仰过毛泽东主席的遗容。1976 年 10 月我还参加过庆祝打倒“四人帮”的大游行。

尾崎：西川拍了一些打倒“四人帮”之后北京人民庆祝游行的照片，当时彩色胶卷没法洗，她就把胶卷的底片寄回国，我在日本洗，然后再给西川寄回去。这些照片不知道现在还有没有存留。

西川在鲁迅故居留影

西川：有啊，肯定有。那是很珍贵的历史照片。

尾崎：西川回到日本后写了相当多的文章，介绍她留学时候的生活。

西川：文章在两种杂志上分别连载了两年，后来我在 NHK 做过中国语广播讲座的讲师，也是两年。

尾崎：我的留学生涯的第一个半年里面印象最深的是 1980 年 10 月，也就是我来北大两个月前后，北大学生进行北京大学海淀区人民代表选举。当时学生们

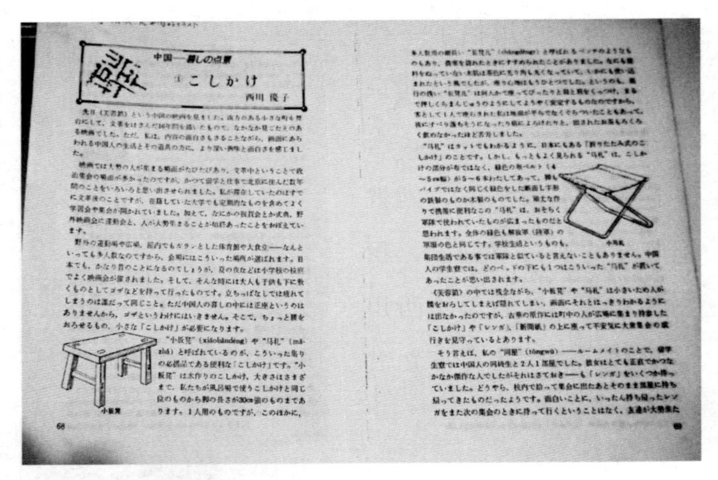
中国——暮しの点景
①こしかけ
西川 優子

西川在日本报刊发表的文章

贴了很多大字报，像“文化大革命”时拍的照片一样，一张上面再覆盖一张，最多可以覆盖六七张。校内三角地旁边的橱窗和广告栏里全都是大字报，从三角地一直贴到三十楼里面，很壮观。选举活动前后持续了大约一个月，对我的刺激非常大。经过最初的民主竞选，最后留下来的三个候选人举办公开的竞选演说。在办公楼的楼上举行，楼上有一个能装五六百人的礼堂。我们外国留学生也有很多过来看热闹，可是不允许外国人进去。隐瞒了自己留学生的身份混进去的也有几个，可是我没敢。

选举的结果是胡平直接当选，而后来做了天津市官员的张炜，还有一个叫王军涛的，都没有过半数。胡平、王军涛后来都去了美国。让我大吃一惊的，也是当时完全搞不懂的，是他们在竞选海报上所填的政治面貌一栏，候选人张炜的名字下面是“党员”，而胡平和王军涛则是“群众”，当时感到很不解，“群众”是表示自己代表广大群众的意思吗？

西川：难道有一个“群众”阶级吗？“群众”是指普通人吧，应该是指自己属于老百姓的意思。

尾崎：我们留学生对中国这一关于政治面貌的区分根本没有任何认识。有一次去长城游览，碰到一个人给我看他的工作证，上面写的是“干部”，当时也很困扰，难道干部是一种职业吗？后来知道是公务员的意思，中层以上的公务员吧。

西川：不不不，当了公务员的就是干部，小蔡也好，小毕也好，都是干部。而对我们来说，干部是指有经验的、年龄大一点儿的、像公司骨干那样的人，才能叫干部。

尾崎：总之，群众、干部、单位，这三个词对我们这些刚到中国的留学生来说，特别不好理解。后来慢慢就知道是什么意思了，其实这些词是从日语中引进的，但是在中国有了另外的含义。

民主竞选期间，北大的校门看管得非常严，不允许外面的人进来。日本的记者特别想要进来参观，但也进不来。有时候就先找到我们留学生，留学生跟门卫说这是我的客人，才能把记者带进来。我们一边看大字报，一边拍照片，但比较危险，北大保卫部的人在人群里监视，发现有外国人拍照片会抓起来。所以我自己也不大敢拍，因为拍了以后也没地方洗，当时只有去中国图片社或是大饭店才能洗彩色照片，一洗出来他们就知道这是什么照片了。有时候拍完之后，见到有日本朋友过来，就委托他们带回日本洗。

我所经历的这次民主选举，很多亲历的北大学生回忆起来都觉得很重要，也很难得。差不多也是唯一的一次。

西川：也是最后的一次吧，后来就没有了。

尾崎：竞选过程中，我听中国朋友介绍情况，他们

西川拍摄的北京大学 80 周年校庆照片

说最受欢迎的候选人是胡平。最后投票的结果，胡平也的确当选为海淀区人民代表。

到了 1980 年 11 月，我们的内心同样受到很大刺激，电视里面播放审判“四人帮”的过程。当时二十六楼只有一个电视室，我们留学生和陪住的中国学生一起观看。

西川：二十六楼没有电视吧，女生宿舍才有。

尾崎：男生宿舍也有一个的。

西川：我留学的时候只有女生宿舍楼有电视。

尾崎：大家集中在电视室里面观看，人挤着人，而且是很小的黑白电视。在连续两个月的时间里，每周一次集中报道公审的情况，所以印象很深。每次播放的剪辑录像大约半个小时。中国学生观看审判的时候都没有声音，很紧张的样子。审判一直持续到 1981 年 1 月底。

当时还有一个《光明日报》的记者过来采访我，他问的主要问题是，作为一个留学生对当时的中国文学的现状如何看待。他想了解留学生对当代文学的看法，主要想要听我对当时批判白桦的《苦恋》的反应，他想诱导我说批判白桦是不应该的。我是这样回答他的：我非常羡慕中国文学界的现状，也非常羡慕白桦，一部作品能够轰动整个社会，这在国外是不可想象的。虽然《苦恋》受到严厉的批判，但还是应该感到高兴。当时日本文学的社会效应已经明显减弱，文学已经没力量了。而在中国，文学的社会轰动效应才刚刚开始。记者听了我的回答，有些不以为然，表现出不太能够接受的样子（笑）。

西川：1972年、1973年前后，尾崎在日本读博士生期间，当时《光明日报》的记者刘德有先生也采访过他，是尾崎在中国语研修学校学习中文口语的时候。

尾崎：对，我当时每天上午去中国语研修学校听课，《光明日报》的记者来研修学校访问，我们两三个人接待。刘德有先生问的问题是：在日本鲁迅有怎样的影响？

西川：他希望尾崎说些赞美鲁迅或者鲁迅在日本影响很大的话，你回答得怎么样？尾崎当时的回答让他大失所望。

尾崎：那次采访的时候我说，在日本已经没有什么人读鲁迅了，很少人读，过去鲁迅非常受欢迎，不过现在没有人读了，他很失望。可是我接着又说，我个人特别欣赏鲁迅，在鲁迅那里学到的一点是，鲁迅说过，有一分热，发一分光，这也构成了我自己生活的基本态度，我是这么回答他的。

西川：得到这样的回答，刘德有的采访稿就写不

西川与刘德有（下左）、横川夫人（下中）

出来了吧（笑）。后来尾崎留学期间，我在 1981 年 8 月去北京的人民画报社工作了两年，刘德有成了我的上司的上司，他是外文局的副局长了。再后来当了文化部的副部长。我们住在友谊宾馆的时候，刘德有先生还来过我们的住处看过我，后来春节的时候也来过。当时尾崎也在，他还记得尾崎。他非常聪明，记忆力很好。

尾崎：《光明日报》记者采访我的时候，我回答了关于《苦恋》的提问之后又谈到我特别欣赏汪曾祺的小说《受戒》，当时《受戒》正受到批判。我说我非常喜欢这部小说，我觉得批判《受戒》是没有道理的，这个观点他们很欢迎。看得出，他们希望借助外国人来反驳当时“左派”对《苦恋》《受戒》的批判。

西川：应该是利用我们外国人吧（笑）。

尾崎：有中国同学就开玩笑说我也介入了当时中国的文学史进程，我就说不是介入，是被利用（笑）。

留学期间记忆深刻的还有 1981 年 3 月可以写进北大校史上的一件事。20 日晚上，中国队与韩国队——当时中国人称之为南朝鲜队——在香港进行排球比赛，胜者可以代表亚洲参加在东京举行的世界杯排球赛。北大的同学们看比赛的现场直播。前两局输了，后三局又赢了，赢回来之后大家群情激奋，烧报纸、烧扫帚，敲饭碗、敲脸盆，最后走到街上游行，喊出了那句有名的口号：“团结起来，振兴中华！”听岑献青说，这个口号是她的中文系的一个同班同学喊出的。庆祝活动一直延续到凌晨两三点钟。

西川：扫帚很可怜，被当火炬来烧了，听说当时几乎所有北大的扫帚都被烧掉了（笑）。

尾崎：我当时觉得害怕，因为北大学生的民族情绪特别激昂，所以不大敢出来，只是从住处的窗户往外看，看到同学们穿过南门走到大街上去。当时学校的保卫部、学生会都特别紧张。同学们出了校门，接受说服，转了一圈就回来了。

西川：现在北大一教旁边还有一块大石头，上面刻的字就是“振兴中华”，应该是纪念那次大游行的。

尾崎：我们留学的那个时期，还可以充分感受到北大校园里面的政治空气。北大的同学都非常关心政治，而且大学与社会之间也有比较紧密的互动性。这种空气在今天的燕园里已经比较少了吧。

七
我们的师友

尾崎：1980年，我到北大最初找的是乐黛云老师，在这儿需要谈一点白水纪子的事情。白水比西川早一年去了北大，她当时叫楠木，结婚后改姓为白水。她比西川早一年回日本，在1979年考上了东京大学中文系硕士，具体的研究方向是茅盾研究，这一研究方向的选择也受到了乐黛云老师的影响。白水在北大留学时受到乐老师的关照。当时带来了人民文学出版社的《新文学史料》的第一、二辑，很厚的杂志，但当时还没有公开发行，我们都很高兴。她也给我介绍了乐黛云老师的事情，所以当她知道我要去北大做高级进修生，就极力建议我去找乐黛云老师。

尾崎与乐黛云、松井博光

我到北大之后就通过留办找到了乐黛云老师，希望她当我的导师。但乐黛云老师推辞不做而把我带到王瑶先生家，请王瑶先生做我的指导老师。恐怕是因为当时我已经在日本修完了博士课程，算是博士候选人，而乐黛云老师当时可能觉得自己还很年轻，而王瑶先生更有资格带博士生，就请王瑶先生带我。王瑶老师也比较高兴地接受了我。跟我一起找到王瑶先生的是来自美国的寇志明，他当时在美国读博士生。就这样我们做了王瑶先生的外籍研究生。当时在中国还没有开始博士课程，老师们都没有带博士生的经历。

王瑶先生是1984年开始带第一批博士生，当时是温儒敏和陈平原。那时我已经离开北大了。

王瑶老师带我们外国博士生还是很高兴的。由于他辅导了两个外国的高级进修生，他的工作量几乎就满了，不用上课了。可是我刚来北大的时候口语能力很差，几乎听不明白王先生的话，所以王瑶老师就让乐黛云老师具体辅导我。

一开始与王瑶先生见得不多，我是半年或者几个月去见王瑶先生一次。而和乐黛云老师则是每周一两次见面辅导，她给我介绍了刚开始运作的现代文学研究学会的情况，并给我看了当时刚开始发行的《中国现代文学研究丛刊》。同时也给我看了《鲁迅研究动态》——后来改名叫《鲁迅研究月刊》。《鲁迅研究动态》一开始也是不公开发行的内部资料，当时没办法复印，我就在自己的房间里用照相机拍照。因为我们的习惯是觉得用手抄写是不可靠的，担心抄写有误，写论文引用的时候就不可靠，所以一定要复印或是拍照。当时在中国很少有复印

1980年的《中国现代文学研究丛刊》

机，在北京大学图书馆查资料想复印，每次都需要去副馆长那里批条，而且每个人一天只准复印五张左右，多了就不允许。

西川：所以尾崎就去乐黛云老师那儿向她诉苦。

尾崎：我只好每天去副馆长那里批条复印五张，每天都去，结果副馆长就觉得太麻烦了，说不要过来了（笑）。

因为当时复印机也比较稀有，整个图书馆里面只有一台，同时他们觉得让外国学者大量复印，可能有一种资料和信息被国外窃取的感觉，所以每天只允许复印五页。我找乐黛云老师诉苦，她好像也没有意识到复印的必要。而当时的中国学者或者学生做研究查资料的时候只能在图书馆自己抄，一个字一个字地抄。后来乐老师去了美国以后才更加清楚，国外一定要用复印的方式来保留资料。所以我在北大觉得最困难的是不能复印，与图书馆打交道的印象也很深。

在我来北大的第二年，复印的情况就好多了。图书馆买了新的复印机，里面有两三台，可以一次复印更多的张数了。可是后来我得到一些未公开的内部资料，北大图书馆里面就不能复印了，而别的地方又没有复印机。后来我专门去了地质学院，在语言学院的对面，里面有复印服务。去复印的时候，我不大敢暴露日本留学生的身份，就把自己伪装成一个中国学生。当时我用了一个假的中文名字，叫韦琦，与我的日本姓氏同音，韦是韦国清的韦，韦国清是当时有名的中国国家领导人，是广西人，说话有南方人的口音，我就用韦琦这个名字去复印。虽然我说汉语也不很地道，但是他们真的把我当成了中国的南方人。

西川："韦琦"是个南方人，所以说不好普通话（笑）。

尾崎：每年我的汉语都有进步，但第一年还是非常困难的。因为我的口语太差，与乐黛云老师口头交流不多，但看材料没问题。她就给我提供一些材料，也给我介绍了当时中国现代文学研究会开会的一些情况。不过乐黛云老师当时聊的内容我恐怕能听懂的还不到一半，这段时间我做的主要事情是帮乐黛云老师和严绍璗老师编辑《国外鲁迅研究论集》，里面日本学者的文章都是我选择提供的。这本《国外鲁迅研究论集》1981 年由北京大学出版社出版。

《国外鲁迅研究论集》封面

乐老师指导我大约有一年时间。一年后她去美国进修，离开的时候把辅导我的任务移交给了孙玉石老师，孙老师带了我两年。因为第二年后我的口语好了一点儿，所以与孙玉石老师的来往也比较多。乐黛云老师临去美国之前还给我引荐了温儒敏和钱理群。当时他们二位正在跟王瑶先生读现代文学的硕士。乐黛云先生就让他们两个过来帮助我。钱理群说话比较快，他想要了解国外的鲁迅研究、周作人研究的情况，我想多介绍一点儿，但是说不大出来，因为我口语的关系，交流起来不那么顺畅。不过他们两位一直很关心我，也帮助我了解中国现代文学研究界的一些情况，哪位先生做什么研究，学界在讨论什么热点问题等。在与他们交流的过程中我也练了口语。

为了练口语，我选了一些课旁听，所以第一年的秋天上的一门课是《楚辞》，老师的名字忘了。当时课堂上人很多，可能是1979级的学生，当时是本科二年级。老师的口音比较重，授课的《楚辞》材料，特别是《九歌》，老师一个字一个字念了以后就加以解释。因为我看不懂《楚辞》的原文，解释也听不大懂，所以上了一两次以后就不去了。

另外上的一门课是跟 1980 级的一年级新生一起上的，是袁良骏老师讲的《中国现代文学史》。他后来去了社科院，但当时还在北大当老师。可是上了他的几次课后也不再去了，因为他上课的风格好像是在说单口相声，有点像中央电视台《百家讲坛》的那种感觉，主要是在讲故事，讲文坛轶事。比如讲到郭沫若，就讲郭沫若有几个爱人，郭沫若的孩子怎么样，等等。

西川：可以锻炼听力嘛。

尾崎：但我听的那两次，他讲的内容也比较通俗，可能因为他当时是给本科一、二年级的学生授课，讲的内容我都已经知道，没有什么新的信息，听了几次后就觉得没有意思，以后就不再上了。当时我刚进北大，其实听力很差，可是袁良骏老师讲的都能听懂。因为听得懂，就觉得没有新的内容，此后两三年也几乎没上课。但是后来我觉得我最初的想法是不对的，虽然内容上不大感兴趣，但如果继续坚持听课的话，对我练口语或者练听力肯定有帮助。所以我当老师以后，我让留学的学生们一定要坚持上课，即使是觉得没有意思的课也一定要坚持上，可以练习听力。

西川：后来朱德熙先生的课，你也去听了。

尾崎：对，那是讲座。

西川：不是讲座，是课程。

尾崎：想起来了，是听了朱德熙老师的课。

西川：陆俭明老师，还有朱德熙老师的一些早已毕业的学生也都来了，但课程的授课对象主要是研究生，所以正式选课的学生都有座位。因为座位不够，我们这些旁听的都站在教室后头，你也去听了。

尾崎：对，是在 1982 年前后，开始开设研究生的课程了。本来硕士研究生没有专门开设的课程，都是导师私下里指导，但 1982 年开始朱德熙先生专门为研究生开了课，所以我们就去听了。

1985 年西川与朱德熙（左）、陆俭明于香山对外汉语会议

西川：当时我在人民画报社工作，和尾崎一起住在友谊宾馆。我也去旁听了朱德熙老师的课。1984 年朱先生担任了北大的副校长，当了两三年，后来他就去了美国。今天看来，那是朱德熙先生在北大开的最后一次课。

2008 年与北大中文系师友聚会合影

尾崎：我来北大之后和王力先生还一起合过影。我在日本的时候协助过王力先生的一个学生，叫詹伯慧，当时他在东京大学教书，是作为第一个从新中国来的教师在东大任教。詹伯慧先生是 20 世纪 50 年代初期从中山大学毕业的，而当时王力先生就在中山大学。詹伯慧的父亲是非常有名的古代文学专家，叫詹安泰，跟王力先生一样有名，也在中山大学。詹伯慧在中大毕业后分配到武汉大学中文系，1955 年前后到北京大学进修。他如今在暨南大学工作。黎波老师从东大走了以后，我们请中国教育部派人来东大任教，他们就

尾崎与王力

派了当时还在武汉大学的詹老师。他在东大教了两年，当时我是助教，帮过他的忙，因此我来北京留学的时候，他写信给王力先生，让我带过去，其实是想给我机会见王力先生。所以我就去了王力先生的家，燕南园里的一座小洋楼。

1982年，应该是在春天，日本茅盾研究的代表性研究者松井博光，也是竹内好的学生，来北京查资料，待了一个月左右。当时我也帮了他的忙，陪他一起去唐弢先生家。当时在唐弢先生旁边陪同的是社科院文学所的樊骏。那是我第一次见到唐弢先生。唐弢先生知道我

尾崎与唐弢（左三）、樊骏（左一）

研究周作人，就帮我联系鲁迅博物馆，让我去拜访陈漱渝，就这样在陈漱渝的办公室里看了周作人的日记。当时能看到的是“五四”时期到1927年左右的日记。我看的都是复印件，字不太清楚。所以这段时间我集中看了周作人的日记，每天去鲁博，抄写周作人日记中一些对我有用的部分，就在陈漱渝的办公室里。

1982年秋天丸山升先生来北京。他当时负责《鲁迅全集》的日文翻译，由日本的学研社——学习研究社承担出版，要把1981年人民文学出版社出版的《鲁迅全集》都翻译成日文版。学研社的一个高级职员叫福岛普德——东京大学中文系毕业生，原来是学古典文学的——主持这项工作。他请丸山升先生负责翻译的任务。丸山升先生一个人在很短的时间内把全集全部翻译出来是不可能的，所以要汇集日本所有的鲁迅研究者的力量。他组织了一个七个人的翻译委员会，分担主要的翻译工作，再往下分配具体任务，几乎把全日本搞中国现代文学的人都找来参与这项工作。鲁迅留下的文字过去已经翻译成日文的数量较少，这次包括鲁迅的书信在内全部要翻译过来。学研社跟北京的人民文学出版社签了合同，规定《鲁迅全集》的日

尾崎与人民文学出版社的陈早春、李文兵

文版要在三年内出版。一开始的时候，日本方面很难操作，在很短的时间里面完成全部翻译工作几乎是不可能的。因此丸山升先生、饭仓照平先生以及福岛普德到北京来商谈合同修改的事情。

饭仓照平是竹内好的学生，研究中国少数民族文学，也做鲁迅、周作人研究，当时是日本东京都立大学的教授。北大中文系趁此机会请丸山升先生做了一次讲演，丸山升先生用日文讲，让我当翻译。可是我当时的中文水平还难以胜任，所以感到非常困难，只能硬着头皮上阵。

尾崎、王瑶、丸山升与《鲁迅全集》编辑委员会成员合影

丸山升先生是日本共产党党员，在日本共产党的党报上常常写文章，1966 年日共和中共闹翻以后，丸山升一直坚持批判“文化大革命”的立场。所以按照当时的说法，他是敌对性的学者，原来是不能进行交流的。

其实“文化大革命”结束以后，中国的现代文学研究界，包括王瑶先生、唐弢先生在内，曾经开会讨论怎样总结两个口号论争的问题。很多新的历史材料当时已经浮出水面，不能再完全按照“文化大革命”的说法来定调。在当时的那个会上，丸山升先生写的关于两个口号论争的三篇很长的文章已经翻译成汉语，大家读了以后觉得可以接受丸山升先生的看法，认为相对而言比较客观和科学，大家对丸山升的印象也就特别深刻。可是一直没有机会彼此交流往来。到了 1982 年，丸山升终于有机会来中国了，这是他第一次来北京，北大中文系就请他来演讲，从敌对的关系转变为友好的关系，丸山升也从此成为中国学界的友人。这是一个具有象征性意义的转变。丸山升先生的演讲是严家炎老师主持的。讲座得到了很多老师的支持，有三十多人来听演讲，听众中也有研究生。那时候丸山升先生其实是带病来中国的，他患的是肾病，每星期要透析三次。他有点儿担心

丸山升（前排左）与萧军（前排中）

来到北京以后是否能保证透析，所以让我们先考察了一下北京医院的医疗条件。中文系就与东单的协和医院联系。丸山升先生怕中国这方面的医疗设备有问题，所以把透析用的过滤器从日本带过来，用这个办法可以保证在北京一星期透析两次。结果在北京的透析达到的是大半的功效，虽然没有完全的功效，但还算可以，坚持几天没问题，回日本以后就能够完全恢复。总之治疗问题在北京可以成功解决的话，丸山升先生以后再来中国就用不担心了。

第二年春天，我见到了作家浩然。当时在友谊宾馆有一位日本专家，跟浩然有来往，我们请他引荐，见到了浩然，还有刘绍棠。两个人中我对浩然印象更深刻一点儿。因为感觉他很朴素、很直率，是一个诚挚的人，我对他印象很好，但当时他的日子很艰难，受到打压和批判。刘绍棠也是一口北京话，他成名很早，“文化大革命”前就已经成名了。

西川：这一年 5 月，黄子平和张玫珊结婚，在留学生食堂设了一个小规模的宴会，摆了一桌，我们都参

尾崎、西川与骆宾基

加了。请了一共将近十个人，其中有一位是黄子平他们班的女班长，也是中文系本科 1977 级的。饭桌上她一直盯着我，我觉得她好像对外国人有些敌视的样子。我那时候不知道她是谁。我看她盯着我就有点儿害怕，她就是岑献青。前几年她负责编辑《文学七七级的北大岁月》纪念文集，送了我们一本。她说编文集时翻了翻当时的日记，日记中就有关于黄子平和张玫珊的婚宴记载："今天的婚宴上有日本留学生出席，是尾崎文昭和夫人西川优子。"听了她的话，我才明白那天盯着我们的竟然是现在的好朋友小岑，真没想到我们早就见过面了。

尾崎：我当时认识了黄子平，也是张玫珊介绍的，还有同学给我看黄子平主编的校园文学杂志，很有名的《未名湖》。但当时我们跟北大中文系本科生的交往其实不太多，学校不允许，他们也害怕与我们接触。

西川：玫珊是我的好朋友，她是阿根廷华侨，后来考上了硕士生，与钱理群、温儒敏是同届。

尾崎：这两年我的指导老师还是孙玉石老师。西川

西川收藏的同学通讯录

有时也一起去拜访孙老师。记得第一次去他家里，坐下以后，上的不是茶，是开水，开水里面放的是白糖。请我们喝的是糖水，感觉特别盛情。因为在当时糖仍然是奢侈品，放点儿白糖已经是很好的待客礼物了，而在日本没有人用糖水待客。据孙老师说，中国东北农村只有客人过年来串门时才会在开水里放点儿糖，是最好的待客方式，因为白砂糖特别少。茶叶当时也很贵，不容易买到。记得好像是去唐弢先生家的时候，他夫人给我倒了茶，特别好喝，印象很深。

第二年我就归孙老师辅导了，也上了孙老师的课。孙老师当时开的是象征派诗歌的课，1981 年的这门课

尾崎与木山英雄、唐弢

在学生中很有影响。

第二年以后，因为听力和口语好多了，所以就比较频繁地到王瑶老师家请教。开始的时候一个月一两次，后来是每周一次。不过见王瑶先生对我来说还是感到比较困难的事情，因为每次过去他都要我提一些问题，他来回答。准备问题比较困难（笑），心里的压力很大。

西川：王瑶先生 1989 年 12 月因病去世，去世得太早。我们还跟王瑶先生家属一直有来往。我们到北京去，每次一定要拜访师母杜琇老师。1991 年夏天我们去英国时，特意找王超冰一家见了面。她的儿子冯小麦剑桥大学毕业后来日本留学时，我们也跟她一家见过面。冯小麦长得非常漂亮，头脑也很棒。后来他跟日本女孩结了婚，我们应邀参加了他们在横滨举办的婚宴。就这样和王瑶先生家属的联系一直未断。

尾崎：1981 年 9 月，在北京召开了纪念鲁迅先生 100 周年诞辰的纪念大会。恰好在这时，我和西川共同的朋友——内山完造的弟弟一家，也就是内山嘉吉先生和夫人内山松藻，还有内山嘉吉的公子内山篱一家人，再加上在上海书店工作过的几个人，全都来到北京。我们去看了他们。

说起内山嘉吉，研究鲁迅或者研究中国木刻史的学者都很熟悉，就是 30 年代在上海应鲁迅邀请开办木刻讲习会的内山嘉吉。当年鲁迅先生创办了当时刚刚兴起的中国版画史上的第一个讲习会。1930 年，上海的一些美术青年参考鲁迅编的木刻集，自己学习木刻，但对木刻技术和知识缺乏了解，显得有些幼稚。1931 年夏天，日本美术教师内山嘉吉来上海看望大哥，也就是鲁迅的日本友人内山完造，同时打算和内山完造的养女片山松藻成婚。片山松藻十几岁的时候来到上海，是内山完造的养女，她在内山书店打杂，接待客人，负责端茶倒水，也经常接待鲁迅，所以很早就和鲁迅非常熟。

内山嘉吉通过哥哥的关系结识了鲁迅，片山松藻还陪嘉吉到鲁迅家里拜访。查鲁迅日记，可以查到1931年8月13日鲁迅记载了这件事："午后片山松藻女士绍介内山嘉吉君来观版画。"几天后，他们就在上海举办了婚礼，片山松藻也就改名为内山松藻。鲁迅出席了他们俩的婚宴。

鲁迅就利用内山嘉吉来上海的机会，请他担任教师，给一共十三个学员举办木刻讲习会，鲁迅亲自当翻译。一共讲了六天。时间虽然不算长，但在中国版画史上的意义很大。

内山嘉吉与夫人回日本后，1935年创办了东京内山书店，也效仿哥哥内山完造，经营的对象以学生为主，一开始书店在世田谷，这里的中国留学生比较多。竹内好、小野忍、冈崎俊夫等人都经常到店里光顾，1968年才把书店移至神保町现在的地址。

1981年，内山嘉吉整理出版了《鲁迅与木刻》一书，并应邀与夫人、儿子一起来北京参加纪念鲁迅的一些活动。我和西川与他们一家很早就非常熟，内山嘉吉的公子内山篱是东京大学中文系的，比我高两级，他念了硕士以后就继承了父亲的内山书店。我经常到他们家去玩，所以也和内山嘉吉夫妇非常熟。鲁迅先生除了给内山松藻写了一幅字当礼物之外，还给了松藻一个紫檀做的盒子，是放宝石的，只是盒子上没有鲁迅的署名，所以如果作为一个文物的话就没法实证。这个盒子后来松藻赠送给了西川。

西川：现在就放在我的房间里。因为内山夫人也就是松藻女士非常喜欢我，我去内山书店时跟她一块儿喝茶，吃甜点。当时我没钱买书，她说不要钱，以后赚到钱再付就可以，先把书拿走吧。

内山松藻在上海内山书店的时候，鲁迅还给了她一本书，上面有鲁迅的题词，写的大致是趁着年轻要好好学习的意思。松藻五六十岁的时候，偶然把这本书翻了出来，还给我看过，说这是鲁迅伯伯送的。但她后来很长时间里因为要抚养孩子，还要在书店帮忙，忙得就忘了读，觉得很后悔。那本书肯定还被内山家人保留着。

现在，内山篱的儿子内山深要继承内山书店了。十多年前，他也在北大留过学，念过一年。

八
旅行与观剧

尾崎：1981 年 1 月，留办组织我们全体留学生去旅行。我们先去了桂林、昆明，然后我跟另外一个留学生两个人离队，去了四川成都，看了乐山大佛，还爬了峨眉山。峨眉山只爬到中间就折返回来，没有走到山顶——金顶。如果登上金顶的话要多住宿一夜，所以我们中途就下山了。当时住在寺庙里面，一个晚上三块钱，印象很深。我看到了峨眉山的溪水，特别清澈的流水，是我到中国以后头一次看到这么清澈的溪水。

1981 年 5 月，中文系又组织我们出去旅行和学习，成员是隶属于中文系的留学生，是教育部给的钱。带队的是袁行霈先生，还有蔡明辉老师，留学生有十几个人。我们去了杭州、绍兴，还去了富阳，看了郁达夫的故居。一共三周左右，玩得很好。1978 年我曾经去过一次杭州和绍兴，富阳则是当时刚刚开放。在富阳，袁行霈老师要求我们作旧体诗。每个人都要作一首旧体诗，然后用毛笔写在宣纸上，再拍个照片做纪念。三年前见到袁行霈老师的时候，他还记得当时我写的诗（笑）。

西川：袁老师的记忆力太强了。

尾崎：我当时根本不懂如何写旧体诗，没有学过，平仄、押韵都没学过，所以完全是一个外行，就胡乱

尾崎在朗读自己所赋的旧体诗

写了一首七言绝句。

西川：实际上日本有写汉诗的传统。

尾崎：可我是属于新中国，属于革命中国的。

西川：你是革命中国的“群众”，对不对（笑）？

尾崎：对旧中国有比较强的排斥感，所以一直没有念过旧诗，古文也没有读过多少。

西川：可是袁行霈老师的命令是不好拒绝的。

尾崎：当时中岛碧，也就是中岛长文的夫人，在北大日语系讲课，担任外国教师。她也跟随我们留学生一起参加了这次旅行。她学过旧体诗，京都大学出身，是吉川幸次郎的学生，所以读了很多旧诗。她说要创作的时候，脑子里总是塞满了古诗，或者是关于平仄、押韵的知识，反而写不出来。

当时我跟中岛碧比较熟了，所以西川过来的时候，中岛碧老师给西川介绍了国务院外专局的一个主任。

西川：对，我通过这位外专局的主任找到了人民画报社的工作。

尾崎：那是 1981 年 5 月，西川来北京看我，待了一个星期左右，其间通过中岛碧在人民画报社找到了工作，当日文专家。8 月西川正式过来，在人民画报社一干就是两年多。所以 1982 年和 1983 年是我们俩一起待在中国。

西川：我住在友谊宾馆，一个很舒服的套间，有很大的两个房间，还有厨房。友谊宾馆的环境也很好。

尾崎：我们两个人一起住，我是陪住（笑）。

西川：他是家属，一起住是家属的权利（笑）。当时还给我们住在友谊宾馆的外国人专门发了外汇券，可以在友谊宾馆里买外国货，人民币不能买的。

尾崎：外汇券制度好像是在 1992 年、1993 年作废的。

西川：我记得到了 1991 年，我们住在北大的北招待所（简称北招）的时候还用外汇券的。

尾崎：到了 1982 年三四月份，孙玉石老师带我们三个外国进修生去江南旅行，这也是一次学习之旅。同行的人中有寇志明，他现在是澳大利亚新南威尔士大学的中文系主任。另一个是比我晚一年过来的安部悟，现在是在日本爱知大学，他们二人都是高级进修生，也都是研究鲁迅的。

旅行一共三个星期左右，这段时间与孙老师有非常深入的交流，他给我们策划一切行程，一路上安排得非常周到。他有个小包，里面装着现金，那时没有信用卡，都是随身带着现金上路。他还有个记事本，路上的交通费、伙食费都要记录，是要回去报账的。

我们在上海见了当年和鲁迅相识的俞芳，是鲁迅非常喜欢的一个小姑娘。1923 年 8 月鲁迅与周作人失和，就搬到砖塔胡同的俞芳家住了一段时间。当时俞芳才十二岁左右，成为鲁迅的“小友”，后来俞芳写过《我记忆中的鲁迅先生》。我们见到俞芳时，她已经超过七十岁了。我们还在上海拜见了丁景唐、倪墨炎，然后到杭州见了著名的日语和俄语翻译家黄源。丁景唐当时才六

前排左起：孙玉石、丁景唐、倪墨炎；后排左起：尾崎、安部悟

十多岁，非常潇洒，说话态度大方，真正代表了上海文化人的风采。黄源口音很重，我们根本听不懂他的话，完全是江南口音，老家是浙江海盐。我记得他总说“逮欧、逮欧”，最后才搞明白原来说的是“大学”，根本听不懂。孙玉石老师是东北人，他也听不懂。那次旅行见了很多有意思的人，印象都很深刻。

我们每次到北京与孙玉石老师见面的时候，都会聊起这次江南之行，非常愉快。所以经过这次旅行之后，与孙老师的关系就非常密切了。

西川：这一年的夏天，我和尾崎还一起跟随留办组织的留学生旅行团去了新疆，印象也特别深。我最喜欢的是在乌鲁木齐附近沙漠里的两个废弃的遗址——交河故城和高昌古城。

尾崎：当时的交通不太方便，我们坐火车到酒泉，从酒泉开始坐面包车，从早上出发，走了整整一天才到敦煌。一路上都是一望无际的戈壁滩，是地势很平缓的沙漠。公路一直延伸向远方的地平线，笔直得像一条直线。我在其他地方从没见过那么直的公路，这是以前我们没有经历过的。公路太直了，十几公里的路一个弯道都没有，所以司机特别容易犯困，我们一路上都担心司机睡着了。沙漠上的空气非常干燥，当时我想，如果给自己建坟墓的话，应该在这里，因为太干燥也太干净了。现在很多人坐火车或者坐飞机，很难欣赏到这样的大漠风光。

西川：我们在路上好几次看见了海市蜃楼。

尾崎：8 月的敦煌特别热，摄氏四十度左右，特别容易生成海市蜃楼的奇观。印象深刻的还有水果，光吃西瓜不用喝水了，葡萄特别好吃。

西川：还见识了当地的水井，叫坎儿井。

尾崎：在敦煌也去了月牙泉，爬了月牙山，还骑了骆驼。

西川：你没有骑，是我骑了骆驼（笑）。

尾崎：我们还去了天山，看到白色的雪莲花。访问了哈萨克族的一个小村子，到他们居住的帐篷里参观。一路上感觉非常有意思。当时西川还找了她的朋友古丽，在乌鲁木齐大学教世界史的老师，是维吾尔族的。

西川：古丽不是同班同学，她是读世界史的。古丽是我在北大留学时认识的朋友，她常常来找我的一个同班同学阿依夏木。阿依夏木是伊犁人，与古丽一样也是维吾尔族。古丽找阿依夏木玩儿的时候也经常来我的房间，我们就这样熟悉了，所以我们在乌鲁木齐还去了古丽的家。她爸爸当时是新疆维吾尔自治区的第二把手，相当于省长。不过古丽住的是很普通的房子，跟北京常见的楼房没什么两样。乌鲁木齐的新建筑其实也是很汉化的。

尾崎：午饭古丽给我们做了馓子，一种油炸食品，类似天津麻花那样的面食。有点儿像油条的做法，但细一点儿。我们离开的时候还送我们一种很大的面饼，记得叫馕，吃起来挺硬的。

西川：给我们带了好几张，说路上吃，我们就带回来了。

尾崎：我们在新疆还买了十几顶维吾尔族的小帽，各式各样的，五颜六色。带回日本后，有一个杂志社的人看到了觉得很有意思，就拍了张照片，做了某家航空公司日文杂志的封面。

西川：北大留办的带队老师蔡火胜的哥哥也在乌鲁木齐，他哥哥当年支援新疆，就留在当地，在乌鲁木齐工作。事先就知道弟弟要来，在乌鲁木齐火车站的站台上迎候，我们见到他后一看就知道是蔡老师的哥哥，两个人长得太像了。

尾崎：留办的黄道林、蔡火胜一起带我们去的。去新疆得坐很长时间的火车，从北京到新疆要四天三夜，一直坐火车。

西川：我们一路打扑克，玩的是“争上游”，我拼命地“力争上游”，特别想赢，但赢不了。留办的老师也跟我们一起玩儿。

尾崎：回国以前，1983 年 1 月我们和北大的留办老师一起去了昆明、西双版纳，也玩得非常好。

西川：大王也去了。那次旅行我们对同行的一位叫穆拉图的留学生印象很深。

尾崎：对，这个穆拉图，现在已经是非洲埃塞俄比亚的总统了。他也参加了旅行团，我们非常熟。他当时的导师是哲学系的王守常，就是后来在 90 年代我们一起编辑《学人》杂志的那个人。

西川：我在北大留学的时候穆拉图就是留学生，不过他读的是本科。到了 80 年代中期穆拉图再回北大，先是跟我们的朋友王守常读哲学硕士。后来，守常建议他去学国际政治，穆拉图就在北大国政系继续深造，拿到了硕士、博士学位。去年穆拉图也来北京大学访问了。我看到了当时的照片，他带着夫人还有儿子一起来的，应该算是北大杰出的校友吧，是北大培养的第一个外国国家总统。他在北大读书的时间很长。

尾崎： 他第一次来读本科的时候守常老师是助教，当时是刚留校的。

西川： 我们在北大留学时去了很多地方，留办也组织了很多次旅游。

尾崎： 那时候我们想去的好多地方都还没有开放，比如西藏、南疆都没有开放。

西川： 我们留学生也都愿意帮留办老师们的忙。旅游的时候老师们喜欢买各地的特产，比如买一大堆蘑菇什么的，我们就帮他们带回北京。

尾崎： 留学时期我觉得印象最深的事情之一就是到

处去旅游，虽然还有不少未开放的地方，但当时外国人去的地方一般比中国人多。

西川：我们问起过很多中国朋友，中国的这个地方去没去过？没去过。另外一个地方呢？也没去过。而我们俩都去过。

那时候坐火车旅行是非常有意思的，有时火车到了大一点儿的车站要停二十分钟，我们就下车到站台上找水龙头洗头发，或者利用这段时间去买站台上卖的小吃。去昆明那次，路上也要走三天三夜。因为火车都是开着窗户，所以一路上特别脏。电气火车头还好，如果是烧煤的蒸汽火车头，黑色的煤烟会飘进窗户，所以得去洗脸、洗头发。

尾崎：我们在中国，就当时的水平来说，旅行的经历应该是很丰富的。当时改革开放不久，所以各地还保留着原来的样子。而且游客很少，除了我们以外几乎没有什么游客。没有今天的旅游热，到处都见不到游客。

西川：在中国各地旅行的记忆，构成了我们中国记忆的重要一部分。

尾崎：接下来我要讲讲观剧的经历。北京大学留学生办公室给我们安排的各种课余活动中，有一项是看京剧。1980年秋天学校组织我们看了一场京剧后，我就开始喜欢上了京剧。我的一个朋友田村，也是在东京大学读的本科，他比我早一两年来到北京，特别喜欢京剧。在学校安排的活动之外，也经常带我去看京剧，最多的时候连续两周，一周看五次，两周就是十个晚上，都要去看，真的是特别着迷。我对京剧也渐渐熟悉了。一般的京剧剧院都在城里，所以就坐公交车去，但晚上看完演出如何回北大则比较困难。有时候散场很晚，回到动物园可以坐公共汽车，但从动物园回北大就没有车了，已经过了末班车的时间。动物园附近有个很小的出租车站，当时的出租车还是50年代波兰产的车，一坐上去，闻到的都是臭臭的汽油味儿，所以不能关窗户。

可以说是机缘巧合，通过京剧，我结识了一个中国朋友，是在北京京剧院工作的。有一次学校组织我们看剧，演出之后安排我们留学生到后台跟演员见面。下台时有一个小伙子跟我搭上了话，问我喜欢京剧吗，说他可以帮忙。他父亲是北京京剧团乐队的，是张君秋的司鼓，名字叫郝友。我们看的那场京剧，他父亲就在乐池里司鼓。他叫郝晓捷，也是学敲鼓的。晓捷就邀请我到他家去玩儿。到了他家之后才知道，他在邀请我去家里拜访之前，已经先到公安那里申报过，说他想要接待一个外国客人。必须等公安批准了以后才能接待我，而接待了我之后还要去公安局，汇报我讲了什么。

郝晓捷好几次请我吃饭，我就了解到他们家吃大米和肉比较困难，所以跟他一起去友谊商店，用外汇券给他们家买了大米、猪肉，因为北京市民没有肉票是买不到肉的。当时生活中发肉票，还发粮票、布票、自行车票等，那个时候布票比较紧张，买个床单、做件衣服都需要布票，大家都觉得不够用。

西川：我剩下来的布票都保存着，舍不得丢掉，现在已经作为收藏了。

尾崎：而且买肉是白肉比瘦肉还贵，因为一般家庭很少用肉来炒菜、炖菜，都是买白肉来炼油。荤油可以炒菜，所以更贵。

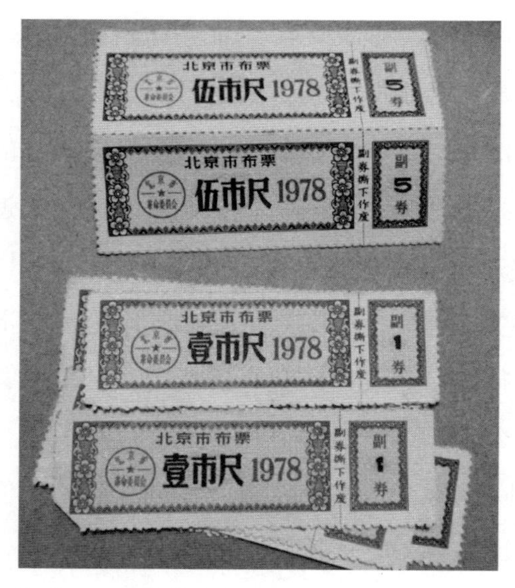

尾崎、西川收藏的布票

西川：这些都需要用票来买，而我们外国人用外汇券就可以在友谊商店买肉和大米。

尾崎：郝晓捷和他的父亲知道我对京剧有特别的爱好，就给我讲解张君秋的唱法和梅兰芳的唱法有哪些地方不同。后来也给我介绍了他在北京京剧团的一个拉二胡的老师，一个很年轻的女老师，只有三十多岁不到四十岁的样子。我和几个留学生每周一次去跟她学二胡，前后学了几个月。

西川：那位女老师把自己的二胡给了尾崎，可惜尾崎回到日本后就没有再拉过。

尾崎：当时学二胡的时候也就只能拉出很简单的曲子，没有什么像样的曲子。

西川：他当时住在二十六楼，吃完午饭后就练练二胡。初学者一般拉出的都是噪声。大家都提意见，埋怨尾崎，说睡不着觉。隔壁就是留办老师午睡的地方（笑）。

尾崎：拉得不好，就是拉着玩儿，拉过英国披头士，也就是甲壳虫乐队的曲子 *Yesterday*。

西川：尾崎也借此了解了普通中国人的日常生活。

尾崎：郝晓捷还给我介绍了当时的一些北京京剧团的演员，还有人艺的演员。郝晓捷的父亲郝友先生夫人的弟弟，在人艺当演员，我记得姓牛，在老舍的话剧《茶馆》里头演一个坏警察。郝友先生当时应该有六十多岁了吧，郝晓捷不到三十，他还有哥哥。

西川：晓捷那时候还没结婚，大概只有二十四五岁吧，他父亲郝友也应该没到六十岁。

尾崎：当时听京剧经常去的是人民剧场和工人俱乐部，还有西单剧场。常在人民剧场演出的是中国京剧团，北京京剧团则主要在工人俱乐部。后来我们连人民剧场看门的人都认识了，以后给那位看门的老头儿打电话要票，他就给我们留两张好一点儿的票，比如前四排中间位置的，是最好的票。当时的票价只有五毛到八毛钱。有时候我们上午过去拿票，接着就回到学校，晚上还要过去看剧。头一年是和田村一起去，第二年田村回国，以后是跟西川去，或者一个人去。

当年看过的京剧演员印象深刻的有不少，最好的是袁世海、杜近芳，印象都很深。老生的话当时最受欢迎的是冯志孝，是马连良的学生，还有张学津。旦角有李玉茹、李维康、孙毓敏。谭元寿和耿其昌也听过。后来有机会看到了关肃霜，是云南的武旦，跟头翻得非常好，是最好的武旦之一。梅兰芳的儿子梅葆玖则演得不怎么好。

西川：还有个演孙悟空的。

尾崎与京剧演员合影

尾崎：演孙悟空的是李万春。叶盛兰的儿子叶少兰也演得非常好。当时我们看的都是最有名、最好的演员。有一次张君秋登台，是清唱，只演了一场。可是唱得并不好，因为很长时间没有唱了。当时他也应该有六十多岁了吧。后来郝晓捷结婚的时候，我们去他家里参加宴会，张君秋也来了。

西川：晓捷婚礼那天，从中午到傍晚开了三场宴席。我们头一次参加这样的宴会，是把厨师请到家里来。我们参加的是中午第一场，是最隆重的；第二场则是招待一般的亲戚朋友。宴会开始后我对面坐着的就是张君秋。

尾崎：他的眼神特别有吸引力。

西川：尾崎留学期间对京剧可能比对学习更有热情（笑），一年去看了多少次戏我也不知道。

尾崎：后来有剧团来日本演出，我就不怎么去看，水平不够，因为我在中国看过最好的。

再后来去北京时也有些人给我安排戏票，可是有时不好意思接受，一接受，朋友们就给我继续安排，看了以后不满意，所以就觉得不好意思。只有一次例外，就是张火丁，她唱得非常好。我看京剧的时候，当年最优秀的演员在“文化大革命”后又重新登台，过了几年就陆续退休了。刚才说的关肃霜，她一直在云南京剧团，是著名的武旦。我跟孙玉石老师一起看过她的演出，1982 年三四月份跟孙玉石老师去上海旅行的时候，看到报纸上登了关肃霜来上海演出的广告，我就提出要求，一定要看。她的绝艺果然没有让我失望。关肃霜身披甲胄，背上插了四杆旗，与四面的敌人打斗。最精彩的是她在舞台上一边打滚，一边用双臂双腿把四面敌人抛出的枪挡回给抛枪的人，真是绝艺，特别精彩。

当初看戏时我拍了很多照片，这些照片还都保留着，记录了我与京剧的情缘。

九
在友谊宾馆的时光

尾崎：到了 1981 年 7 月，我留学之后第一次回日本搬家，因为西川要来北京工作一段时间，所以在日本租的公寓要退掉，并把公寓里的东西放到一个运送公司的仓库里。好多在北京需要用的东西都托运到北京去。北京那时候没有多少冰箱，有冷冻柜的电冰箱要带到北京去，当时放到友谊宾馆，因为友谊宾馆的房间里没有提供电冰箱，电视机也没有。所以要航空托运到中国来的东西非常多。

我因为一年的留学期限已经到了，当时决定延期。也因为西川要来北京，就想和她一起在北京再多待一段日子。5 月份左右，我请王瑶先生写了介绍信。然后交给教育部，要求延期一年。当时延期一年的留学生也有几个，被批准了。申请一次延期容易通过，但第二次申请延期的时候就比较困难。我一共申请了两次。第二年、第三年也仍然有教育部给的补助，待遇也没变。北大在勺园里仍旧提供住房，待遇是一样的。

我在友谊宾馆跟西川一块儿住的时候，北大勺园的房子还保留着，也可以回去住。我的书也都放在那里。有时去北大图书馆看书，中午就回勺园休息。那两年的中国生活因为和西川在一起，主要是住在友谊宾馆，感觉生活是非常幸福的。

西川：有暖气，也有热水，特别是洗澡方便，还有专家餐厅。当时友谊宾馆是外国专家集中住的地方，里面有几个专为外国专家提供的专家餐厅，还有优待，又好吃又便宜。

尾崎：1983 年 9 月，我一个人先回日本办了离职手续。因为我的身份是东大助教，停职以后去留学，三年没回学校，已经到最后期限了，所以先回东大办离职手续，只在东京待了五天就回到北京。我们最后是在 12 月份一起回国的。

从1981年8月到1983年12月回国，这段时间我们一起住在友谊宾馆，我印象最深的，一个是友谊宾馆园子里靠北有一个西哈努克专用的别墅。据说西哈努克在中国好多地方都有专门的住处，友谊宾馆也给他保留了这个别墅，是特殊的待遇。

西川：友谊宾馆里面还有一个电影放映厅，是外宾专用的。我们可以去放映厅看电影，但在80年代后期着火烧掉了。

尾崎：对友谊宾馆另一个印象很深的是园子里的花，花比较多，一到春天就开了，迎春花、桃花、白玉兰、丁香花、海棠……都开得特别好、特别漂亮，只是没有樱花。我特别喜欢旱柳，一般的垂柳是长在河边的，而旱柳是往上长的。友谊宾馆院子里面也有好多果树，到了秋天就结果了，最多的是核桃。每棵树的果实最终都归了服务员，这是他们固定的权利，服务员也会把核桃送给我们品尝。

西川：很多友谊宾馆的服务员都是接父母的班，爸爸是服务员，孩子也就接班继承了服务员的职业。那些果树都是响应毛泽东的号召在50年代种的。毛泽东一直主张多种果树，我们在北大时，中文系五院西面，现在是草坪，当时则是果园，种的是桃子、苹果，也是响应毛泽东的号召种下的。在日本没有机会看到核桃树，东京没有，到了北京秋天头一次看到核桃的果实。

一到春天，北京就处处开花，这儿也开花，那儿也开花，大约两个月每天都能看到各处的花开，特别赏心悦目。还有白石桥路的两排高高的杨树，品种是加拿大杨，一般叫作眼睛树，非常漂亮的林荫路，只是一到了4月就飘杨花，垂下花穗。前些年再来北京，发现那两排树都砍掉了，太可惜了。

尾崎：我们住进友谊宾馆以后，认识了一些日本专家。日本专家里面的头头是一个老专家，叫横川次郎，在北京的人民画报社工作。他20世纪20年代在日本的东京大学读法律系，参加了“新人会”，是一个研究马克思主义的团体，所以后来他被看作“赤化学生”，在日本没法找到工作，30年代到了中国东北的“满铁”——全称是“南满铁道株式会社”——任职，当研究人员。当时“满铁”调查部里“左派”比较多，横川次郎也因为宣传共产主义被日本宪兵队关了三年。

日本战败后他就留在东北，参加了“日本人民主联盟”，支持中国共产党的解放建设。从 1949 年以后就一直在北京工作，活到八十多岁。我们在北京的时候，他也是外专局聘请的专家，一直在友谊宾馆里面住。

西川：他住在我们隔壁。因为当时年纪大了，所以才聘我去人民画报社帮忙修改日文稿。

尾崎：后来横川次郎用中文写了一本回忆录在中国出版，书名是《我走过的崎岖小路——横川次郎回忆录》。

住在友谊宾馆的日本专家里头还有几位与北大有关。一位姓冈崎，叫冈崎兼吉。1949 年前在伪满洲电影制片厂工作，1949 年后留在中国，1953 年到北大工作，当时是北大唯一的日本外教。到了 1956 年，铃木重岁和夫人儿玉绫子也到了北大，他们都在北大当日语专业的教师。还有位森老师，在人民大学教日语。森夫人的姐姐就是儿玉绫子。

西川：还有编译所的川端。他们大都是战争时代就在中国工作，以后就留在北京，一直住在友谊宾馆，是真正的老专家。

尾崎：他们的待遇也跟一般的专家完全不一样，比如现在还健在的森老师，是副部长级的待遇，仍住在友谊宾馆，有九十多岁了。到了90年代，有一次国务院在人民大会堂设宴答谢国外专家，横川老师等五六位先生就是以日本专家代表的身份赴宴的。我们在友谊宾馆时期认识的这些老专家，当时给我们讲了很多自己的故事，还有在“文化大革命”中的经历。

西川：我们经常跟他们聊天。记得他们描述刚解放时北京的样子，那时候没有公交车，他们是在大风里从北京站坐黄包车到北大的。

尾崎：这些老专家在日本是见不到的，日本的学术界也几乎不知道他们。他们只是在“文化大革命”的时候由周恩来总理安排先让他们回到日本几年，“文化大革命”结束以后，又都回到中国，都是一些最重要的日中友好人士。

西川：他们的儿女回到日本，有的当了中文老师，教我们的老师中也有这批人的子女。因为长期生活在中国，所以他们的汉语都非常好。

尾崎：1983 年 12 月我们回到东京。第二年我马上参与了学习研究社《鲁迅全集》的翻译工作，不是作为译者身份参加，而是在他们的办公室里帮忙编辑。因为我丢了饭碗，没工作，是丸山升先生把我安排到学习研究社打工，否则的话就没法生活。

西川：刚回国的几个月没收入，租了一个公寓就没钱了。我刚回来的时候也没有工作，日本的新学年是 4 月开学，所以回日本后几个月也无法找学校教书。我就跟留学时候的日本朋友联系，让他们给我介绍翻译的工作，当翻译是可以立刻就走马上任的，所以我一开始找的是一些口头翻译的工作。

尾崎：西川的翻译工作，很有意思的一段是 1978 年邓小平带领中国代表团访日期间当翻译的经历。

西川：那是我留学结束刚刚回到日本不久，我做日方的翻译。前后跟随邓小平访问团大约一共两周时间，我陪同的是新闻界代表团，他们要全程报道。邓小平去哪儿，我们也跟着他一块儿去。当时记者代表团有十多个人，一个小巴车可以坐得下。

在这段当翻译的过程中，印象比较深刻的是对《人民日报》的女记者傅冬女士颇有好感，她是傅作义的女儿。当年中共北平地下党希望傅冬做劝说父亲傅作义起义的工作，结果傅作义起义了，傅冬是北平和平解放的大功臣。与她接触期间，觉得傅冬很有修养，而且很开朗，跟她交流我觉得很有意思。记者中还有《人民日报》的秦川，后来担任了人民日报社社长。他1936年就参加了北平左联，搞过学生运动。

我一直跟随新闻界代表团做翻译，邓小平去会见日本天皇，那也是我头一次进了皇宫里头，进到了宫内厅。也跟着邓小平一起坐了新干线，但不在同一个车厢。

我在人民画报社做笔译工作以外，还在外文局的干部训练班当日语老师。这个干部训练班的负责人是孙少礼，孙少礼是刘少奇夫人王光美的入党介绍人，丈夫是外交方面负责日本事务的张香山，非常有名，曾跟随周恩来为日中恢复邦交做过许多事情，当过中共中央对外联络部副部长。孙少礼对我非常热情。

在外文局工作期间，我还在人民画报社里见到过穆欣。穆欣原来是光明日报社的总编辑，后来在外文局任副局长。我们住友谊宾馆那段时间，他是人民画报社的社长，写得一手很好的文章。当时他和尾崎是烟友，见了面一起抽烟，他的烟抽得很厉害。过春节的时候他请过我们，他的女儿很漂亮，但有比较严重的听觉障碍，跟我差不多同岁，所以穆欣让我们做朋友，我说我们可以交流一下。她看我说话的口形，知道我在说“你好”，她也勉强能发出一点儿声音。她在荣宝斋画画，画贺年卡，是个画工。

尾崎：借西川的光，我在友谊宾馆度过了两年幸福的留学时光，也结识了很多有意思的人。西川 1983 年 12 月辞去人民画报社的工作，我们一起回了国。

西川：回国后我接着在中国语研修学校教汉语，同时还在几所大学开始教第二外语的汉语课，如学习院大学、明治学院大学。在日本大学中文系里上的是专业课。

尾崎：二十几年中，西川出版了四种汉语课本，其

西川编写的中国语教材

西川编写的汉语课本，封面选用中国朋友的孩子照片

中一种重印了好几次。还写了一本初级汉语参考书，也重印了好几次，总共印了七万四千多册，在这类书中可算是最畅销的。另外还写了旅游汉语会话指南。

西川：对了，这本书封面上用了我们的朋友贺桂梅的娃娃——鹤翔的照片，他喜笑颜开，真讨人喜欢呢。

十

学术交流与创办《学人》

尾崎：从 1984 年开始，有两年时间我一直参与《鲁迅全集》的编辑工作，跟人民文学出版社联系，负责书信往来，也看稿子和校样；有时也帮着校对一下译文和原文。同时我也兼了一些课，一开始是在学习院大学当非常勤讲师，也就是时间讲师；1985 年在明治大学正式找到教职，任文学部专职教师，教公共外语的汉语课。此后就一边上课一边写文章。

1996 年我调到东京大学东洋文化研究所，来到东大我有了优越条件，就是能邀请外国学者了。此前在明治大学的时候，我要向学术振兴会申请，想邀请中国学者访学，但大都是没有希望的。到了东大后，我

中日学者合影（后排右三为尾崎）

出面邀请中国学者就比较容易通过了。第一个请的是王晓明，第二个是黄子平。然后请了刘小枫，当时他还在香港基督教的一个研究所。在学术交流方面我还是做了一些事情。

西川：请的人当中最有意思的就是刘小枫，他的夫人也特别有意思。

尾崎：他们到东大后与日本的学术界有了比较密切的来往，尤其是刘小枫与日本学术界的交流很广泛，如研究德国哲学的代表性学者、大阪大学教授三岛宪

一、卡尔·施密特研究的代表性学者长尾龙一。他也和东京大学研究基督教神学的大贯隆以及宫本久雄教授进行过交流。

陈平原也来东大访学过一年，是藤井省三请他来的，也是学术振兴会提供的资金。趁他在日本的机会，我策划了他和渡边浩先生的对话。渡边浩先生是继承丸山真男职位的东大法学部教授，之后担任了东大副校长，可算是日本人文世界里的代表性学者。他们的对话在岩波书店里举行，我当翻译。我根据录音整理稿子，请两位过目修改后，在岩波书店的《思想》杂

尾崎与陈平原

志 1995 年 7 月第 853 号上发表，题目是《对谈——九十年代中国的“知识界”》。《思想》是日本人文世界里声望最高的杂志，一般以讨论欧美哲学问题为主。在这种杂志上介绍 90 年代初中国青年学者所处的情况以及他们所关心的问题，对日本文化界可算是破天荒的事情。因为日本文化界一直以来对当前的中国知识分子和他们所讨论的问题缺乏关心，甚至连基本的知识都没有。这个工作虽然是很小的，但可以说是打开了日本文化界的视野。

我到任的第三年，东洋文化研究所的教员定员上，因丸尾常喜先生退休而有了空缺，我就用这个空位子邀请了复旦大学的年轻老师严锋做了两年的正规副教授。当时陈思和给我推荐了严锋和郜元宝两个人。我看了材料，郜元宝才二十九岁，就写了一百多篇文章，这么能写的学者我不要。

西川：等后来熟悉了郜元宝，你不是特别喜欢他吗？

尾崎：后来我是非常喜欢郜元宝。不过我当时要了严锋，他在东京大学待了两年，没有什么教学任务，“玩”了两年，成了网络专家。他是第一个在研究所里不说日文的外国人教员。我打开了这个门，之后又有了几位外国人教员。正规的教员有出席教授会的职责，严锋虽然听不懂但每次都出席，有时也投票。这个经验让他了解了"教授治校"的具体操作，并了解了日本的组织运作规矩。我认为这是很有意义的事情。

西川：严锋晚上经常在研究所他自己的办公室里熬夜。现在他在网上开微博，据说粉丝有四百多万人。当年他在东大的时候，因为大学里面的网络速度很快，并且国外的网站都能看到，跟台湾的网站也有来往交流，就成了网络的专家。有一次陈思和访问日本时见到他，就劝他要写文章，是当着我们的面说的，他就装作听不见的样子（笑）。

尾崎：我当时是有意识地与上海的学者先多建立联系，因为我自己以及东京大学跟北京大学的来往已经比较多了，所以要打开新的交流空间。王晓明推荐的是华东师范大学的罗岗，后来就非常熟了。

西川：熟悉了之后，我也很喜欢他。大嗓门，急性子，那也没办法，自己也控制不了吧。

尾崎：我还请了季红真、贺照田和他的夫人臧清，以及 Sebastian Veg（中文名叫魏简，现任法国社会科学高等研究所副研究员），我受派遣接待的有张先飞、彭春凌、赖钰匀、宋声泉。

我调到东大东洋文化研究所之后，也承担了给文学部的研究生上课的任务。东洋文化研究所没有自己的招生体制，本来计划创办研究院，可以自己招收研究生，后来因为没有足够的力量，所以与文学部合并在一起授课。从体制上来说，文学部的构成包括本科三、四年级，上面还有研究院，研究院的中文科是文学部的中文科的四位老师和我们东洋文化研究所的有关中国文学的两位老师联合带研究生。我们不用给本科生上课。本科生是由文学部中文系的老师来负责，我在我们研究所的会议室里面开课，一周上一次课，但常常每次都要上三个小时。

严锋过来的时候，请他参加我给研究生开的课，用中文上课，日本学生就很头疼，因为他们口语、听力都要经受考验。我希望日本学生提高中文能力，所以建议他用中文授课，内容是关于 20 世纪 90 年代的文学。严锋回国以后，过了几年，中国留学生多了，就一定要用日文上课，也是为了锻炼中国学生的日语能力。晚近这几年，上课的十来个学生里面通常只有一两个日本人，其他八九个都是讲中文的，主要是来自中国大陆以及台湾的留学生，所以一定要用日文的材料。我退休前的七八年间讲的都是日本的鲁迅和周作人研究，用日语讲。最后一年，因为学生的理论水平太差，所以用了英国人的材料，讲授文学批评理论。我在这七八年所做研究的基础上写了文章，题目是《日本的鲁迅和周作人研究》，2007年在北大中文系所做的讲座，就以这些研究为背景。

下面想集中谈谈我参与《学人》杂志创办的过程。

在1990年到1999年这段时间，我所做的值得一谈的事情是参与了《学人》杂志的创办。杂志从1990年开始酝酿，由陈平原、汪晖、王守常三人策划，我来帮忙。日本方面的所有事情都是我一个人在办，也同时当日文的编辑，但我的名字不能登在刊物上，因为担心中方敏感，主要是不大敢引起注意，所以《学人》杂志上没有日文版编辑的署名。

起初，日本社会的一位成功人士叫高筒光义，为《学人》捐了些钱，总共捐出两千万日元。后来经费入不敷出，我自己也捐了一些。借助这些经费，十年间我协助创办了《学人》杂志。创办《学人》的最初目的，尤其是思想上、学术上的意义在于，试图借助这份杂志打破90年代初期青年学者对前途的悲观预想，提倡学术史研究，提倡学术规范，也想改变一点80年代后半期中国学界的浮躁风气。陈平原给《学人》第一辑写的编后记里，还强调了“学在民间”的思想：“‘学在民间’是政治动荡和社会转型期维持纲纪人伦和文化价值的重要支柱。与其临渊羡鱼或痛骂鱼不上钩，不如退而结网。文化决策者的价值取向是否值得欣赏是一回事，知识者自身的选择和努力又是一回事。借助于民间的力量，寻求学者经济上和思想上的独立，而不再只是抱怨政府对学术支持不力，这是近年来我们的共同思路。”汪晖也写过《学人》纪事，里面也有比较重要的一段话：“在1989年的那个冬天……委托《读书》杂志召集了一次知识分子聚会，希望能够重整旗鼓，做点严肃的学术工作，并以学术研究的方式总结我们在80年代经历的过程。在那次会上，我引用了韦伯《作为学术的志业》中的话，试图为自己的研究工作提供某种伦理的基础。这些想法在与靳大成、陈燕谷等几位朋友的私下讨论中已经成为共识，即在最为困难的环境中，也不应该放弃学术研究，而当务之急，则是对近代思想和学术加以整理和检讨，试图以历史研究的方式来反省我们自己。”

《学人》对中国学界，尤其是1989年之后的学界产生了一些良好的作用。中国学界有人说《学人》是1989年后对中国学术崛起以及学术转型起到了最重要作用的杂志，或者说是第一份杂志。

80年代后期比较活跃的年轻人有不少跑到美国去了，留下的基本上都很灰心，并且很分散。我希望他们联合起来形成一个共同体，一起做点儿事情。要顺应政治环境的变化，建立一个年轻的民主派的统一战线，借《学人》提供一块阵地，汇集他们共同的力量，在一起齐心协力地合作。也想给他们提供一些补贴，因为他们当时的生活有些困难，文章也没地方发表，工资很低，所以也提高了给他们的稿费，千字50元，在当时应该是很高的了，通过这种方式来补贴他们的生活。主要的出资人是北条服务公司总经理高筒光义，他和他的好友高桥信幸（我们常戏称他们“双高”）以及几个他们的朋友做了一个NGO，然后请伊藤虎丸先生出山，伊藤先生就要我帮忙。“双高”他们特别同情中国的青年学生，最初打算在北京办一个民主化的大学，但那是一个梦想，实际上连民间性的研究所也办不成。最后接受青年学者陈平原、汪晖和王守常的建

尾崎、西川收藏的
伊藤虎丸照片

议，同意出版《学人》丛刊。

这个 NGO 还举办了一些学术会议，试图促进日中学人的交流。从 1990 年开始，前后举办了三次学术研讨会，都在东京。

第一次研讨会于 1990 年 5 月 26 日在东京女子大学召开，有关专家约六十人到会。从北京聘请了四位学者，有孙玉石、黄侯兴（他当时兼职于社科院郭沫若著作编辑出版委员会）、陈平原、王守常。把陈平原请到日本来比较困难，因为他在北京大学中文系一直受批评。1989 年夏天以后，教授们要每周政治学习两次，自我批判和检讨，所以邀请他到日本来比较困难。我是把孙玉石老师一起请来的，孙老师是当时的系主任，可以出国，孙老师保证在会议结束后会把陈平原带回中国，不让他跑掉（笑）。就这样陈平原第一次来到日本，我见到陈平原就是1990年在成田机场迎接他们的时候。四位中国学者分别做了学术报告，孙玉石老师的题目是《寻找中外诗歌的融合点——现代诗歌与传统文化》，黄侯兴的是《从郭沫若看民族化与现代化的关系》，王守常的是《近七十年文化批判方法论反省》，陈平原的是《传统文学的创造性转化——20世纪中国小说发展的一个侧面》。

1990年东京研讨会合影

当时就没有多少大规模的学术交流会，我的想法是，中国学者跟日本研究中国问题的学者之间以往也有过交流，但是日本具有代表性的、最高层次的人文学者跟中国学术思想界几乎没有关系，很少交流。因为在日本的思想界、学术界，搞中国研究的人不在中心位置。所以我计划日本最好的学者跟中国最好的学者进行交流。1991年3月26日至27日，也是在东京女子大学召开了第二次会议。第二次会议规模比较大，开了两天会。也是从北京聘请了四位学者，有汪晖、陈来、钱理群和中国人民大学哲学系的张立文教授，又聘请了两位韩国研究者，日本方面则有沟口雄三等研究日本思想史、中国哲学、中国文学等领域的专家约七十人到会。三国学术界很有水平的学者在一起开了两天会，这在当时非常有价值。研究日本思想史的几位都是丸山真男的高弟，如饭田泰三、平石直昭、渡边浩、宫村治雄、黑田真。

两次会议之前我都先给中国学者介绍了日本学界的情况，考虑的是，一般的会议交流，日本方面也就听听中国学者的发言，中国学者也没机会听日本学者的想法，所以我想让中国学者也听听日本学术界的情况。第一次会议时，在前一天我安排了两位日本学者给四位中国学者上课。第二次会开了两天，双方发言的同时都有翻译，所以花的时间长，交流得也比较好。这种交流方式后来发展到沟口雄三先生跟孙歌一起创办了东亚共同体的交流活动。

在这十年间，我做了一点儿学术交流的工作，认识了陈平原、汪晖，加上早就认识的王守常，与他们几个同仁可以算是创办《学人》杂志的战友。

西川：那些年尾崎是非常愉快和高兴的。

尾崎：到了 1997 年前后，中国的整个学术环境就变化了，学术界开始活跃，有好多刊物问世。《学人》的作用基本在 1997 年前后就结束了，已经过了影响的顶点了，所以到 1999 年《学人》发行第十五辑之后就停刊了。《学人》影响了十年，这十年《学人》可以说培养出了新一代的年轻学者，比较出色的，像广州的陈少明、北大历史系的罗志田，还有人大的杨念群，也包括贺照田在内，新的一代学人接续上来了，我觉得很有意义。

90 年代我们创办《学人》的时候，我和西川一起在北大中文系待了一年。利用我的研究闲暇做访问学者，住在北大后湖北面的“北招”，再往北就是北大校园的围墙了。我是从 1991 年 4 月待到 1992 年 3 月，西川则一直待到 1992 年 9 月才回日本。

西川：尾崎利用暑假来北京接我回国。我多留了半年，留办也允许我随便听听课。我先是以访问学者家属的身份待在北大，最后半年则享受留学生的待遇。

尾崎：就是在“北招”我们筹办了第一期《学人》，我自己编辑《学人》杂志中的日文文章部分。陈平原希望我们的杂志是国际性的，所以一定要直接登载中文、日文、英文的文章，呈现多语种文章并存的对话状态。有一个韩国学者也想在《学人》上发表文章，给我寄来韩文的论文，翻译成日文后也登出来了。《学人》中的日文文章都是我请日本学者用日文写的，但负责出版《学人》的江苏文艺出版社没有条件编辑日文文章，最后是我自己用笔记本电脑编辑，把日文文章录入、打印之后直接送到出版社，出版社也不再重新排版，直接照相翻拍，就这样印出了《学人》第一期。

《学人》出了五六期之后，中国方面有意见，说日文文章我们看不懂。日本方面也有意见，说发表以后

《学人》辑刊

在日本没有效果和影响力，不大愿意再提交文章，所以第五六期之后就没有日文文章了。后来在中国发行的《学人》就只有中文版了，偶尔也有英文文章，特别是汪晖编的时候会有些英文文章，论文作者是他的美国朋友。

再后来，2003 年 8 月到 2004 年 3 月间我去上海大学做访问研究。在 2003 年 10 月有三个星期去了北大，参加了陈平原组织的“北京：都市想象与文化记忆”的会议。到了 2005 年 4 月，名为“东京大学论坛 2005 at 北京大学、清华大学”的会议在北京举办，具体论题为“亚洲视野中的中国学”，会场分别设在北大和清华，我负责主持了其中在北大的论坛，论坛在北大英杰交流中心举行，日本学者出席会议并做报告的有户仓英美、板仓圣哲、村田雄二郎和岸本美绪，都是能代表东大中国学的学者。中国学者有刘勇强、罗志田、茅海建等。

当时恰是比较敏感的时期。因为北京刚刚爆发了学生反日运动，是反日游行达到高峰的时候，所以时局非常紧张。清华大学的会场本来是举办公开会议的，但最后决定不向外界开放，所以听众只有十几个人。到了北大的会场，则有二百多人参加，我们非常感谢陈平原动员他们的学生出席。而我认为，越是在这样艰难的政治局面下，两国间的交流才更加显示出它的历史意义和价值。

十一
尾崎文昭：我的学术历程

尾崎：1980年我到北大第一年的时候，开始还想着上几门课，后来不上课了就跑图书馆，看旧报刊。整个三年里面几乎看完了北大图书馆所藏的20世纪20年代的旧期刊。它们大多本来不是北大的收藏，而是燕京大学的收藏，所以图书检索的卡片抽屉里面有一些是专收燕京大学的卡片的，我就一个一个看，20年代的杂志都看完了。

跑图书馆看旧杂志还容易一些，困难点儿的是看旧报纸，旧报纸都放在北大西面办公楼北侧那个图书馆的别馆里，那里面藏的都是旧报纸。我过去看的时候，管理员总是不情愿让我看，可能是觉得取出来比较麻烦。而且只能手工抄写，没有复印机，所以看了20年代北京的一部分《晨报》副刊和《京报》副刊，当时没有影印本。

1982年秋天，我在《晨报》上发现了一个新的材料，是周作人和几个作者在非基督教运动中发表的文章。周作人文章的题目是《主张信教自由者的宣言》，是一篇很短的文章，我就以这个材料为中心，结合过去写的硕士论文的内容写了一篇文章，题目是《与陈独秀分道扬镳的周作人——以一九二二年非基督教运动中的冲突为中心》，可以说是平生第一次写学术性的论文。写好之后给日本最大的“日本中国学会”投稿，结果在1983年通过了。收到审查委员的修改建议后，我稍稍改了一改，在1983年10月《日本中国学会报》杂志上登出来了，后来翻译成中文收入吉林大学出版社1987出版的《日本学者研究中国现代文学论文选粹》一书中。发表之后的第二年，也就是1984年10月，这篇文章得到了学会奖。这个奖主要是奖掖学界新冒出来的年轻学者，每年的文学和哲学研究类论文各选一人得奖。

很有意思的是，推荐这篇论文的冈村繁先生是研究中国古典文学的。他并不认识我，读了我的文章之

前排左起：孙玉石、丸山升、王瑶及其夫人，后排为尾崎和刘间文俊

后就推荐了，所以我非常感激。1984 年 10 月，学会开每年一次的年会，会上给获奖文章颁奖。那时王瑶先生和夫人杜琇老师应日本大学邀请来到东京，恰好孙玉石老师当时正在东京大学担任外国教师，他们三位一同参加了颁奖会。王瑶先生很高兴，觉得我把在北大学到的东西都派上用场了。这个奖也可以说给我的留学生涯画了一个句号。

接下来我写了第二篇学术论文，是受到了王瑶先生的启发。我每周一次去王瑶先生家里提问题、请教，那段时间我看了一些现代期刊以后，问了王瑶先生一个问题：王瑶先生在清华大学读书的20世纪30年代，影响最大的杂志是什么？王瑶先生说是《大公报》文艺副刊，作者群以北京、天津的学者为主。因为30年代有影响的大型杂志大都在上海，以北京学者为主参与的大型报刊中，《大公报》文艺副刊是其中最重要的，王瑶先生还提及了大型刊物《文学季刊》的重要性。《大公报》还专门设立了一个文学奖。曹禺的《日出》、何其芳的《画梦录》、芦焚的《谷》，分别获得了《大公报》的戏剧、散文和小说奖。

听了王瑶先生的推荐后我就集中时间去翻看，根据查找的资料写了第二篇文章，题目是《关于南北文坛的差异——以沈从文为中心》，讨论沈从文和南方文坛相抗衡的情况。这篇文章是在日本的中国现代文学研究界里，头一次讨论到30年代中国文坛的地方性问题。以往日本学界都把现代中国的文学视为一个整体进行讨论，缺乏观察地方性问题的研究视野。写成之后文章的题目是《从1937年"反差不多论争"中看沈从文与南北文坛的地位》。

第三篇文章也是受到王瑶先生的启发，讨论的是"'五四落潮'到底是什么样子"。我读茅盾的文章，发现所谓的"五四落潮"的说法与鲁迅的说法离得很远，他说其实“五四”后没有什么低落，反而是新的刊物越来越多，新的作者越来越多，新的小说越来越多，一派欣欣向荣的样子。可是看鲁迅的文章，1922 年、1923 年以后的文坛，则是一派寂静、落寞的样子。就像鲁迅在诗里写的：“寂寞新文苑，平安旧战场。”两个人描写的 20 年代中叶的情况很不一样，所以我思考的问题是，到底应该怎样把他们的不同观点整合在一起进行总体性的观照。

这几篇文章中只有第一篇文章是在北京写的，其他的都是回国以后才写的。回国前的最后一年，我天天跑图书馆查材料，然后去王瑶先生家讨论，真的是认真在学习（笑）。回国之后十年中所写的学术论文，基本上是利用这段时间查到的材料写成的。

此外回国后我还关注鲁迅和周作人思想研究以及 20 世纪文学史论、90 年代的中国文学与文化问题。除了前面提到的文章外，还有几篇文章我想简单介绍一下。

其中一篇文章的题目是《周作人的新村提倡及其影响——五四退潮期的文学状况》，是关于中国新村运动的研究，在日本学界里面是最详细的。

还有一篇是《章廷谦其人以及他与周氏兄弟的关系》。章廷谦先生，笔名川岛，这篇文章讨论了他和周氏兄弟的关系，里面谈到的比较有意思的一点是，川岛跟周作人的夫人关系特别好。一般都以为周作人的夫人羽太信子特别坏，可是川岛很欣赏她，川岛从自己的角度观察，提供了羽太信子的不同面貌，这一点很有意思。

《郑振铎倡导的"血和泪的文学"和费觉天的"革命的文学"论》，中文版发表在《中国现代文学研究丛刊》上，里面比较有意思的是讨论了周作人和茅盾的关系，提出了在日本国内当时没有过的新看法。周作人是在1922年左右开始反对"为人生的文学"，而主张"人生的文学"，茅盾则是主张"为人生的文学"，所以就与周作人发生了矛盾。这个情况过去没有说过。这一发现在文章标题上看不出来，其实文章主要是谈周作人和茅盾以及郑振铎的。当初中文版发表的时候，《中国现代文学研究丛刊》的编辑给删掉了四分之一，把谈无政府主义的部分都删了，而关于茅盾和周作人的部分予以保留。删文章的是当时负责这一期丛刊的编辑、北师大的王富仁先生，他担心如果不删的话就发表不了。

如果提我比较满意的文章，可以提四篇。第一篇是《试论鲁迅的"多疑"思维方式》，中文版发表在

《鲁迅研究月刊》1993年第1期，后来也收入《左翼文学的时代》一书，由北京大学出版社2011年出版。这篇谈的是鲁迅之为鲁迅的核心思想，讨论的方法不是从思想内容进入，而是从他的思维方式的特点入手进行深入探讨。里面有一句提及，我找到的"多疑"思维方式就是竹内好在《鲁迅》里寻找鲁迅思想核心最后没找到的，竹内好接近这个核心但没有弄清楚，而我说得很清楚。所以可以说竹内好留下的问题已经解决好了，也可以说让竹内好寿终正寝了。可是很遗憾，几乎谁都没有注意到这一点。写好这篇文章后，我觉得已经读懂了鲁迅，就像木山英雄先生写好他的"野草论"以后所感觉的那样。其实这种"多疑"思维方式在西方思想界不算是罕见的，也可以叫作"辩证法思维"，当然鲁迅有鲁迅式的特点，同时，由此也可以说鲁迅接受西方的哲学思维是如此深刻。我对比的是诸如德国的哲学家胡塞尔和海德格尔，人们从鲁迅思想里感觉到存在主义的原因就在这里。

后来发表的文章中，也是我较得意的，就是《竹内好的〈鲁迅〉与〈鲁迅入门〉》，中文版发表在《区域：亚洲研究丛刊》第一辑（清华大学出版社2011年出版）。在这篇文章里我详细分析了竹内好的《鲁迅》，

尾崎、西川收藏的木山英雄照片

证明他的立论的失败，而试图说明我所讨论的“多疑”的思维方式就是他最后没能寻找到的核心，同时又详细分析了竹内好1948年写的《鲁迅入门》里的《传记》，给予很高的评价，认为它摆脱了战前竹内好的玄学似的思维，进而发现并理解了竹内过去没能理解而遗留下的1925—1926年的鲁迅思想变化的特点，由此走进了此后直到30年代鲁迅的思维，可以说基本上颠覆了战前《鲁迅》的立论结构，反而掌握了鲁迅的全貌，虽然只捕捉到其要点。而木山英雄先生的“野草论”就是在这个观点的延长线上成立的。

第三篇是《试论中国现代文学的基本结构及其终结》，是关于“20世纪文学史论”的叙述，试图寻找另一视角，对20世纪文学史进行历史叙述的可能性进行分析尝试。文章想提供一个考察20世纪中国文学史的新的历史解释模型。我认为黄子平、陈平原、钱理群的著名文章《论“二十世纪中国文学”》是80年代最有创造性的文学史解释范式，它奠定了“现代性”作为解释20世纪中国文学的核心和整体性的观念范畴，代表了1989年之前的解释框架的最高点。但是三位作者无法预见1989年之后中国的新的历史现实。我想在21世纪的今天对中国20世纪文学史提供一个历史解释，试图有所整合。文章里面对新文学三种意识形态进行了归纳，我认为“新文学”的实际开展方向可以从以下三点进行探讨：（1）对社会的关注；（2）对人的关注；（3）对审美意识的关注。我从这三个角度重新具体阐释20世纪中国文学的具体现象以及作家作品，有新意，也涵盖了新文学的主要意识形态内容。此外，这篇文章想从中、西、雅、俗四个坐标来结构20世纪文学，我尤其对通俗文学有所关心，把通俗文学看成20世纪中国文学的一个结构性因素，但不是“现代文学”的一部分。钱理群、温儒敏、吴福辉先生的《中国现代文学三十年》的修订本已经把通俗文学写进了文学史，但是通俗文学究竟能否结构进中国现代文学？譬如说，在《中国现代文学三十年》修订本中，通俗小说分三章独立叙述，这构成了《中国现代文学三十年》最新颖的部分。但这本书把通俗文学放在了与“新文学”一样的现代性线索上叙述，没有充分注意与“新文学”不同的通俗文学的另一个现代性，所以我整理为不同的现代性平行发展的模式。同时主张这两种现代性到了90年代末都失掉了它们的功能，基本上结束了其历史上的意义。

另一篇我较满意的是2013年发表的《鲁迅与周作人：中国文化现代转型的象征》，这个没有中文版。这篇可算是表达出了我对周氏兄弟的基本看法。也就是说，他们两位代表了由传统文化转换到现代文化的文化转型之中的知识分子，并各自切实地完成了文化转型的任务，虽然采取的路子有所不同。鲁迅通过彻底批判过去的主流文化，寻找又认同以人道主义、个人主义以及科学态度为核心的西方价值，以此为复苏中国的民族文化因素而苦斗，在这个过程之中他明确地表示出要肯定的是哪些因素，要否定克服的是哪些因素，结果把西方价值观念深深埋入中国现代文化里，并充当了给后来者指示前进方向的灯塔。而周作人按照西方文化的价值概念，在过去的文章之中寻找能肯定的东西，据此改写“传统文化”面貌，最后再认同他所改写的“传统文化”来颂扬民族文化。此时的民族文化已不是历史上存在过的传统文化，而是他所创造的和现代西方价值概念沟通的民族文化。

这四篇文章是我较得意的。

如果要再提一篇的话，那就是《“故乡”的二重性及“希望”的二重性——〈故乡〉读后》，中文版发表在1990年的《鲁迅研究月刊》上，试图讨论鲁迅小说《故乡》的二重性问题。在日本的中国现代文学研究中，过去大都研究作家论，而完全从作品论的角度来讨论中国现代文学的，在竹内好以后很少，所以这篇文章就有了一点新的面貌，由孙歌翻译成中文。

此外这些年还在日本和中国、韩国等地陆续做了一些学术讲座，其中一个报告在中国文坛引起一定的影响，是《二十一世纪里鲁迅是否还值得继续读？》，是在韩国一个研讨会上做的报告。我认为：“鲁迅基本上是存在于‘现代性’当中的。在这个层次上说，在21世纪的日本，甚至在中国和韩国，以社会的发展水平来说恐怕再也没有弘扬鲁迅的条件了。也就是说，想让一般年轻人感兴趣已经做不到。这是文化全球化所促成的结果。”当然这个看法也遭到了一些学者的反对，比如有人说，既然“现代性”没有终结，那么鲁迅也就可能没有终结。把今天中国社会的各种各样的问题拿来与鲁迅当年写的进行对照，就会吃惊地发现鲁迅当年看到的社会问题，都在今天重演，所以他的批判在今天仍然有现实意义。

我的这个报告，其目标有两个。其一，给韩国的鲁迅崇拜热泼点冷水；其二是针对中国学者的一些做法，如钱理群他们，主张应在中学教学中扩充鲁迅作品，甚至认定没有接受鲁迅的不算是中国人。其实，我认为对“鲁迅热”泼点冷水就是在践行鲁迅的思想，也就是对鲁迅“多疑”思维方式的实践。对我的看法当然可以反对，我也非常欢迎，但是进行讨论是有条件的，需要对 19 世纪以来的“文学”概念及其作用，20 世纪末以来的世界性大转变，包括经济、文化、社会结构以及中国的世界地位等的变化，有清醒的认识，没有这个认识就没法讨论。我的看法其实与前面谈过的《试论中国现当代文学的基本结构及其终结》有关联性，都是以我对现代性的看法为基础的。可是对我的报告有所反应的基本上都是感情发泄性的言说，也零星地听到有理论性的批判，但都没有触碰到我的痛处。

后来，我觉得这篇报告的题目引起了过于简单的误解，虽然其实是故意这样命名的；用中文写的另一篇短文，就试图调整已经给人们留下的印象，题目换成《鲁迅还是值得读下去》，发表在 2011 年 9 月 16 日

尾崎编《从“规范”脱离——中国同时代作家们的探索》封面

的《文艺报》上，其实立论本身根本没有变化，只是反过来讲而已。我对短文的最后几句很感得意：“一谈到辣味就想起川菜来了。……可有一部分人还是不能吃辣的，就像我的好朋友那样。不过也没听谁说不能吃辣的就不算中国人，应该排斥到中国人之外。喜欢吃辣的大有人在，不必特意责难只能吃微辣或根本不能吃辣子的人。这样才是和平，虽然鲁迅并不一定喜欢和平。”谈到不能吃辣子的人，我脑子里浮现出的是陈平原的形象。

以上我简单总结了一下我的文章中的一些观点。

最后想强调的是，我的学术研究中所存在的北大老师们的影子，总是浮现在我的脑海里。这些影子有王瑶先生、乐黛云老师、孙玉石老师和钱理群、温儒敏，还有后来认识的陈平原，加上清华的汪晖。他们是我心目中的中国学术界的主要形象。我写学术文章的时候，脑海里总是浮出这样的想法：我的文章的预设读者就是他们，所以我对自己每一篇文章的要求，是达到他们看了以后起码能够欣赏的水平，尽量有些新的看法、新的材料，否则就不想写出来。这也是我提高学术水平的一个动力，写不出很多文章的原因也在这里。

其实在现在的日本中国现代文学研究界里面，这样要求自己的人很少。日本学者的文章中如果提供了一些新材料，大陆的学者读到就很高兴，看的都是日本学者文章中的材料，而不是启发中国学者的看法。所以我一直想保持对构想性问题的关怀，也尽量想在文章中提出一点新的看法，不仅仅是贡献材料，而是看法本身。

西川：也不应当写重复的内容。

尾崎：当年我能投入王瑶先生门下，能够被王瑶先

尾崎与王瑶

生接收我做外籍研究者，而不是把我视为一个普通留学生，我一直心存感激，所以在学术上也想努力回报，不堕王瑶弟子的名声，尽量写出好文章，这也构成了我的学术动力。同时日本的伊藤虎丸等好几位老师都一直非常关心我，也都构成了我学术成长的动力。

而在治学思路上，则尽量想在中国现当代文学研究中提出一点新的想法。哪怕是在中国学者眼里显得有些古怪，或者走的是有些偏僻的蹊径和小路也在所不惜；也是因为像钱理群那样的中国学者有能力打阵地战、坦克战，能动用所有的兵力，而我只能在大陆学者的正面

2016 年尾崎在北京大学做演讲

战场之外，打打游击战，所以想尽量选择一些新的，或者是关注没有人注意的侧面。如果学术上进行正面突击的话，肯定很难达到中国学者的水平。

西川：当然，看书的条件不一样。

尾崎：我试图以自己的方式关注 20 世纪的中国以及变化发展中的 21 世纪的中国。在自己的学术生涯里能够为中国文学研究以及为日中学术交流做一点儿微薄的贡献，我感到很高兴。

附录一
尾崎文昭简历和发表目录

简历

1947 年 6 月

出生。

1972 年

东京大学文学部中国语中国文学专业毕业。

1975 年

东京大学研究生院中国语中国文学专业硕士毕业。

与西川优子结婚。

1979 年

东京大学研究生院中国语中国文学专业博士课程退学。

1979 年 4 月

东京大学文学部助教。

1980 年 9 月至 1983 年 7 月

北京大学中国语言文学系高级进修生。

1983 年

回国，辞去东京大学文学部助教职务。

1985 年

明治大学文学部专任讲师、副教授。

1991 年 4 月至 1992 年 3 月

北京大学中文系访问学者。

1996 年

东京大学东洋文化研究所教授。

2003 年 8 月至 2004 年 3 月

上海大学中国当代文化研究中心访问学者。

2007 年 4 月至 2008 年 3 月

清华大学人文学院中国语言文学系专家。

2007 年 9 月至 2008 年 2 月

清华大学人文学院中国语言文学系授课。

2012 年 3 月

退休。

2012 年 6 月

东京大学名誉教授，东洋文库专任研究员。

研究领域

- 第一：鲁迅与周作人思想研究
- 第二：20 世纪中国文学史论
- 第三：世纪交替时期中国的文化转型
- 第四：战后日本的鲁迅、周作人研究的检讨

编著

- 尾崎文昭编：《从“规范”脱离——中国同时代作家们的探索》，山川出版社，2006 年。

学术论文

- 竹田晃、佐治俊彦、尾崎文昭、藤井省三、长堀祐造、及川淳子：《谈先学——丸山升先生》，《东方学》第 133 号，2017 年，第 96—136 页。
- 尾崎文昭：《反应伊藤德也先生的反驳，并补充分析周作人的新文学源流论以及儒家论》，《飙风》第 52 号，飙风之会，2014 年，第 37—54 页。

- 尾崎文昭：《鲁迅与周作人中国文化现代转型的象征》，收于“讲座东亚洲的知识者”第3卷赵景达编《“社会”的发现与其变化》，有志舍，2013年，第115—131页。
- 尾崎文昭：《关于周作人的“新文学的源流”论和“儒家”论》，《亚洲游学》第164号，勉诚出版，2013年，第214—220页。
- 尾崎文昭：《现代中国的出版文学作品的环境》，收于宫下志朗编《文学生态学》，播送大学教育振兴会，2013年，第212—228页。
- 尾崎文昭（薛羽整理）：《战后日本的鲁迅研究》，《现代中文学刊》总第12期，2011年，第49—56页。
- 尾崎文昭：《鲁迅还是值得读下去》，《文艺报》，2011年9月16日，第11版。
- 尾崎文昭：《竹内好的〈鲁迅〉与〈鲁迅入门〉》，《未名》第28号，2010年，第97—144页。
- 尾崎文昭：《序二》，收于《多疑鲁迅：鲁迅世界中主体生成困境之研究》，中国传媒大学出版社，2009年，第4—7页。（中文）
- 尾崎文昭：《诗性学术思维与诗性学者》，《九叶读诗会》第4号，九叶读诗会（驹泽大学　佐藤普美子研究室），2009年，第158—165页。
- 尾崎文昭：《“竹内鲁迅”与日本鲁迅研究》，收于

《鲁迅　厦门与世界》，厦门大学出版社，2008 年，第 335—340 页。（中文）

- 尾崎文昭：《“诗意”断想》，《九叶读诗会》第 3 号，九叶读诗会（驹泽大学　佐藤普美子研究室），2007 年，第 167—174 页。
- 尾崎文昭：《底层叙述—打工文学—新左翼文学》，《亚洲游学》第 94 号，勉诚出版，2006 年，第 50—57 页。
- 尾崎文昭：《最近遇见的“诗人”的事情（二）——“小资”的意味》，《九叶读诗会》第 2 号，九叶读诗会（驹泽大学　佐藤普美子研究室），2006 年，第 122—130 页。
- 尾崎文昭：《“改革与开放”政策所带来的——1990 年代的文化与媒体状况》，收于尾崎文昭编“理解亚洲讲座”第 5 卷《从“规范”脱离——中国同时代作家们的探索》，山川出版社，2006 年，第 8—27 页。
- 尾崎文昭：《关于 1990 年代以后中国报刊界动荡的研究笔记》，《飙风》第 38 号，飙风之会，2005 年，第 1—13 页。
- 尾崎文昭：《最近遇见的“诗人”的事情》，《九叶读诗会》创刊号，九叶读诗会（驹泽大学　佐藤普美子研究室），2004 年，第 144—146 页。
- 尾崎文昭：《关于近二十年中国现代文学史叙述的基

本框架的看法》，《东洋文化》第 84 号，东京大学东洋文化研究所，2004 年，第 109—137 页。

- 尾崎文昭：《近代中国的心——屈辱·尊严·超越》，收于《东文研　新领域开拓研究方案　平成 14 年度报告书》，东京大学东洋文化研究所，2003 年，第 38—48 页。
- 尾崎文昭：《试论中国近现代文学的基本构造及其终末》，收于《亚洲学的将来形象》，东京大学出版社，2003 年，第 61—86 页。
- 尾崎文昭：《特异的作家——残雪》，《亚洲游学》第 43 号，勉诚出版，2002 年，第 42—44 页。
- 尾崎文昭：《上海“美女作家”登场的意味》，收于《理解亚洲就能看懂世界》，小学馆，2001 年，第 60—71 页。
- 尾崎文昭：《中国图书（大陆体系）的电子化状况》，《明日的东洋学》第 2 号，东京大学东洋文化研究所附属东洋学研究情报中心，1999 年。
- 尾崎文昭：《〈在酒楼上〉及小说集〈彷徨〉》，《しにか》第 7 卷第 11 号，大修馆书店，1996 年。
- 尾崎文昭：《从挫折与绝望的深渊中诞生的近代精神》，《文》第 33 号，1993 年，第 3—5 页。
- 尾崎文昭：《试论鲁迅的“多疑”思维方式》，收于鲁迅论集编集委员会编《鲁迅研究的现状》，汲古书院，1992 年，第 73—94 页。

- 尾崎文昭：《周作人的新村提倡及其影响（下）——五四退潮期的文学状况（一）》，《明治大学教养论集》第 237 号，明治大学教养论集刊行会，1991 年，第 67—85 页。
- 尾崎文昭：《解读陈凯歌的电影〈孩子王〉》，《飙风》第 23 号，飙风之会，1990 年，第 38—63 页。
- 尾崎文昭：《郑振铎倡导的“血和泪的文学”和费觉天的“革命的文学”论——五四退潮期的文学状况（二）》，《明治大学教养论集》第 217 号，明治大学教养论集刊行会，1989 年，第 47—78 页。
- 尾崎文昭：《“故乡”的二重性与“希望”的二重性——阅读〈故乡〉》，《飙风》第 21 号，1988 年，第 1—22 页。
- 尾崎文昭：《周作人的新村提倡及其影响（上）——五四退潮期的文学状况（一）》，《明治大学教养论集》第 207 号，明治大学教养论集刊行会，1988 年，第 119—136 页。
- 尾崎文昭：《围绕“狂飙社”的文学状况》，《明治大学人文科学研究所年报》第 28 号，明治大学人文科学研究所，1987 年。
- 尾崎文昭：《章廷谦其人以及他与周氏兄弟的关系》，《明治大学教养论集》第 193 号，明治大学教养论集刊行会，1986年，第31—67页。

- 尾崎文昭：《从一九三七年“反差不多论争”中看沈从文与南北文坛的地位》，《东洋文化》第65号，东京大学东洋文化研究所，1985年，第85—116页。
- 尾崎文昭：《在女性之爱中看到光明的鲁迅》，《邬其山》第4号，内山书店，1984年，第12—13页。
- 尾崎文昭：《与陈独秀分道扬镳的周作人——以一九二二年非基督教运动中的冲突为中心》，《日本中国学会报》第35集，日本中国学会，1983年，第232—244页。

翻译

- 梅娘著，尾崎文昭译：《侨民》，收于《中国现代文学杰作选3》，2001年。
- 沙汀著，尾崎文昭译：《一个秋天晚上》，收于《中国现代文学杰作选2》，2000年。
- Sylvia Chang著，尾崎文昭译：《李泽厚与80年代中国学术思潮》，《中国——社会与文化》第10号，中国社会文化学会，1995年。
- 陈平原、渡边浩著，尾崎文昭翻译整理：《对谈　九十年代中国的“知识界”》，《思想》第853号，1995年7月，第56—75页。

书评论文·书籍介绍

- 尾崎文昭:《也还是所谓对于将来的希望——评刘春勇著〈多疑鲁迅：鲁迅世界中主体生成困境之研究〉》,《读书》第367号，2009年，第161—163页。（中文）
- 尾崎文昭:《堪称纪念鲁迅日本留学一百周年的新成果——评北冈正子著〈鲁迅在日本这一异文化之中〉》,《东方》第249号，东方书店，2001年，第24—26页。
- 尾崎文昭:《近代文学中的中国与日本》,《国语与国文学》1月号，至文堂，1988年。
- 尾崎文昭:《阅读现代文学——〈鲁迅景宋通信集——《两地书》的原信〉》,《东方》第50号，东方书店，1985年。

口头报告

- 尾崎文昭:《为二十世纪精英文学而争名——略谈文学现代性的社会功能》,《"五四"与中国现当代文学国际学术研讨会论文集》，北京，2009年4月23日，第18—21页。（中文）
- 尾崎文昭:《90年代以后的文化、媒体状况与作家、文学》，品味中国现代文学：惊人的经济增长下的文学应该怎样？（“理解亚洲讲座”2004年度第2期），2004年9月。

- 尾崎文昭：《二十一世纪里鲁迅是否还值得继续读？》，韩国中语中文学·第一回国际学术发表会《两岸中国语文学五十年研究之成就与方向》，2002年5月，第415—428页。（中文）
- 尾崎文昭：《二十世纪文学基本结构初探》，上海大学“全球化与中国现代文学研究的转变”国际研讨会，2001年11月。（中文）

一般性文章

- 村田雄二郎、马场公彦、尾崎文昭、坂元弘子：《圆桌讨论：文革的亡灵》，《中国——社会与文化》第32号，2017年，第46—85页。
- 尾崎文昭：《怀念近藤直子》，《飙风》第54号，飙风之会，2016年，第123—127页。
- 木山英雄、尾崎文昭、铃木将久、松永正义、坂井洋史：《座谈海阔天空、说古道今》，《言语社会》第4号，一桥大学大学院言语社会研究科，2009年，第9—41页。

- 尾崎文昭:《策划“东亚文化研究对21世纪的日本是必要的吗?”研讨会的宗旨》,《中国——社会与文化》第17号，中国社会文化学会，2002年，第1—6页。
- 尾崎文昭:《90年代小说(中国学最前沿)》,《しにか》第13卷2月号，大修馆书店，2002年，第116—117页。
- 尾崎文昭:《就“消化”的说法谈我的一点看法》,《诗人报》增刊，1991年。(中文)
- 尾崎文昭:《我推荐的书〈苍老的浮云〉》,《明治大学学园だより》，明治大学，1989年。
- 尾崎文昭:《鲁迅〈阿Q正传〉》,《读书广场》，明治大学，1989年。
- 尾崎文昭:《我的父亲西村真琴的事情(西村晃)》,《鲁迅全集月报》第20号，学习研究社，1986年。
- 尾崎文昭:《鲁迅先生的墓再次被毁(内山嘉吉)》,《鲁迅全集月报》第13号，学习研究社，1985年。
- 尾崎文昭:《西南联合大学的回忆(王瑶)》,《邬其山》第7号，内山书店，1985年。
- 尾崎文昭:《近二年鲁迅研究书目记录稿》,《东方》第27号，东方书店，1983年。

事典等项目

- 尾崎文昭：《鲁迅与周作人——现代中国的尊严与耻辱》《1980 年后的文学世界——从规范脱离》《季节感——花鸟风月和吃食》，收于竹田晃、大木康编《中国文化事典》，丸善出版社，2017 年，第 380—381 页，第 392—393 页，第 614—615 页。
- 尾崎文昭：《近代的小说》，收于《中国思想文化事典》，东京大学出版会，2001 年，第 464—466 页。
- 尾崎文昭：《周作人 · 沈从文 · 其他 6 项》，收于《新潮世界文学辞典（增补改订版）》，新潮社，1990 年。

附录二
西川优子简历和发表目录

简历

1948 年 3 月

出生在东京。

1970 年

樱美林大学中国语中国文学科毕业。

东京大学文学部中文专业副手（三年）。

1970 年 4 月至 1994 年 9 月

中国研究所附设中国语研修学校讲师。

1976 年 9 月至 1978 年 7 月

北京语言学院进修生（三个月）。

北京大学中文系进修生。

1981 年 8 月至 1983 年 12 月

中国外文局人民画报社日语专家。

中国外文局干训班讲师。

1984 年 4 月至 1986 年 3 月

日中学院（旧称仓石中国语讲习会）讲师。

1985 年 4 月至 1990 年 6 月

中国研究所理事。

1986 年 4 月至 2018 年 3 月

学习院大学二外中文非常勤讲师。

1986 年 11 月至 2003 年 3 月

中国语教育研究会代表。

1991 年 4 月至 1992 年 8 月

作为尾崎文昭的家属在北京大学中文系。

1993 年 4 月至 1995 年 3 月

日本广播协会（NHK）中国语广播讲座讲师。

1995 年 4 月至今

日本大学文理学部中国语中国文化学科非常勤讲师。

1995 年 4 月至 2018 年 3 月

明治学院大学二外中文非常勤讲师。

1997 年 10 月至 2002 年 3 月

全国中国语教育协议会代表理事。

2002 年 4 月至 2006 年 3 月

中国语教育学会代表理事。

2003 年 8 月至 2004 年 3 月

作为尾崎文昭的家属在上海大学中国当代文化研究中心。

2007 年 4 月至 2008 年 3 月

作为尾崎文昭的家属在清华大学人文学院中国语言文学系。

著作

汉语课本

- 西川优子 :《中国语初级 Lessons》，三修社，2013 年。
- 西川优子 :《初次尝试的中国语教室》，白水社，2012 年。
- 西川优子 :《中国语初级 Training》，三修社，2006 年。
- 西川优子 :《Chinese Land 通过目耳口学习中国语》，三修社，1998 年。
- 西川优子 :《中国语 Four Seasons》，朝日出版社，1995 年。
- 西川优子 :《NHK 广播讲座中国语（入门篇）》，日本放送出版协会，1993 年 4—9 月，1994 年 10 月至 1995 年 3 月。

中文学习参考书

- 西川优子 :《新版“你好”教授的汉语指南》，三修社，2009 年。
- 西川优子 :《“你好”教授的汉语指南》，三修社，1995 年，2001 年改定版。
- 舆水优、武信彰、西川优子 :《中国语 Magazine Book》，三修社，1990 年。

编著

- 西川优子 :《中国语教育研究会报告记录集》，中国语教育研究会，2003 年 3 月

旅游汉语指南书

- 西川优子 :《打招呼时说“你好！” 说点汉语能够应付》，三修社，2009 年。

文章

- 西川优子：《今年春天开始学习中国语吧！》，《しにか》，1997 年 5 月。
- 西川优子：《文化前线北京——1992 年的歌曲》，《しにか》，1992 年 11 月。
- 西川优子：《中国生活点景》，《NHK 广播讲座中国语》，1988 年 4 月至 1990 年 3 月，连载 24 回。
- 西川优子：《介绍外国语 · 中国语》，《翻译的世界》，日本翻译协会，1987 年 4 月。
- 西川优子：《你既有知识里面的中国语　中国语入门讲座》，《翻译的世界》，日本翻译协会，1985 年 11 月至 1987 年 8 月，连载 22 回。
- 西川优子：《世界的女性与食文化 · 中国篇》，《营养与料理》，女子营养大学出版部，1985 年 9—12 月，连载 4 回。
- 西川优子：《在北京的街头上》，《翻译的世界》，日本翻译协会，1985 年 4 月。

附录三
战后日本鲁迅研究——尾崎文昭教授访谈

时间：2010年5月28日

地点：东京大学东洋文化研究所

尾崎文昭：东京大学东洋文化研究所

薛羽：华东师范大学中文系

一、“竹内鲁迅”之后：研究史的回顾

薛羽：尾崎老师您好。日本是海外鲁迅研究最为发达的地方，不仅取得了丰硕的成果，而且形成了自己的研究传统。近几年，您一直在东京大学开设“中国近现代文学研究史论”的课程，很大篇幅是研读日本的鲁迅研究论著或论文。中国国内对此虽然有一些翻

译和介绍，但了解仍然有限，您能给我们勾勒一个基本的研究史线索吗？

尾崎文昭：我课程的题目是“中国近现代文学研究史论”，主要谈日本战后鲁迅研究，再加周作人研究。因为战后的中国现当代文学研究里面，最有特点、最有成绩的就是对这两位的研究。过去上研究院的人，如果做现代、当代文学的话，一定是先做鲁迅，然后再走到别的领域去，这曾是共同的想法。一直到 80 年代，在我们研究界里，鲁迅的存在非常大，是我们共同的语言。但是 90 年代以后，这种传统就淡化甚至几乎没有了。就如你刚才所说，日本鲁迅研究的特点是形成了自己的历史。这在日本的外国文学研究里面，其他国家的外国文学研究里面都是比较罕见的。大陆的鲁迅研究自然有自己的优点和特点，但日本学者有的人认同，有的人不认同，有的部分认同，有的部分不认同。当时在日本研究鲁迅的人比较有信心：从竹内好开始的鲁迅思想研究，比大陆的鲁迅研究先走一步，保留了自己的领域。因此先学习竹内好和上一代的鲁迅研究，参看大陆的研究成果，然后要努力打开自己的路子，这样就有一个学术的继承关系，自然而然就形成了自己的历史。

日本鲁迅研究的起点是竹内好的《鲁迅》，出版于1944年。在这之前有过两部鲁迅传记，也出版过鲁迅全集，虽然不完整，但对鲁迅的接受有了一段历史。对这段历史可以参看丸山升先生的文章《日本的鲁迅研究》，载于《鲁迅·革命·历史》。但从学术性鲁迅研究的角度来说，竹内好的《鲁迅》才算是起点。战后所有的鲁迅研究者，都是从学习竹内好开始的。当时主要有三批学者：一批是东京大学的学生以及周边的社会人士组成的“鲁迅研究会”，培养出了好几个水平很高的鲁迅研究学者。还有一批是竹内好任教的东京都立大学的学生组成的“中国文学会”，他们的研究对象不仅有鲁迅，还有丁玲、萧红等。此外，在京都大学也有一批研究者。五六十年代培养出的战后第一代学者，主要来自这三批人。同时，社会上也有一些文学家和评论者论述过鲁迅，但对这个方面应该分别来讨论。

第一批东京大学学生为主的“鲁迅研究会”，1952年组成。1952年是特殊的年份，美军对日本的占领结束。战后日本非常畸形地恢复了独立国状态。这一年美军刚退到幕后不久就发生了“五一”事件。这是战后首次的“五一”活动，并对不完全讲和的独立表示抗议。据说全国有一百万人参加，在东京游行的有二三十万人。尤其是在东京因为警察不许在皇宫前广场开会，群情激奋，开会后很多人闯进皇宫前广场，这样跟警察发生冲突，最后受到警察的镇压，死了两个人（其中一名被击毙），受伤者达到一千五百多人。公安部门宣布此事件该当“骚乱罪”，逮捕了一千二百多人。“左派”人士为了表示抗议并宣泄愤怒，事后爱用鲁迅的《无花的蔷薇之二》里的词语，用北京的“三一八”事件来比附，表示抗议。但是东大中文系的一部分“左派”学生的看法，跟社会上的“左派”不一样，认为摘引鲁迅的句子来宣泄自己政治性的愤怒是不科学的，不应该直接套用到1952年的日本，我们应该认认真真地学习鲁迅的革命精神。所以他们强调要用科学的、历史主义的方式来研究鲁迅，不能跟着社会上政治运动的路子走。就这样他们组织“鲁迅研究会”，展开了认真的阅读。每周，后来是每个月开会，精读鲁迅。一篇文章，一句话一句话来阅读。不明白的词语，不清楚的社会背景，一个一个查清楚。他们出版了自己的刊物《鲁迅研究》（1952—1966年）。一般认为，“鲁迅研究会”的研究成果最后结晶为丸山升先生的著作《鲁迅》。从研究会成长起来的鲁迅研究学者很多，比如尾上兼英、高田淳、伊藤虎丸、木山英雄、北冈正子等。

第二批东京都立大学学生组成的“中国文学会”，也出版有自己的刊物《北斗》（1954—1957年），培养出了有名的鲁迅研究者今村与志雄、饭仓照平等，还有茅盾研究专家松井博光，竹内实先生当时也参加了这个团体。这个研究团体在1957年前后结束了活动。但主要的成员都参与了竹内好组织的民间团体——“鲁迅友之会”，他们出版了《鲁迅友之会会报》（1957—1984年），还参与了后来竹内好跟其他文学家们一起办的刊物《中国》（1963—1972年）。

第三批京都大学的学生，似乎没有组织团体，也没有什么刊物。他们当中有相浦杲、伊藤正文、吉田富夫等。50年代的时候比较活跃，后来有的人不做鲁迅研究了。这三批人以外，北海道等地还有一些研究者。

战后第一代鲁迅研究者主要是研究鲁迅的生平和思想，而不是作品本身。因为竹内好的《鲁迅》里面，缺少了传记的信息，并且他本人也表示了生平研究的不足。新中国成立后大陆出版了很多鲁迅生平的资料，如周作人的《鲁迅的故家》等，因此当时的研究者非常热心于这方面的研究，主要是靠大陆的材料。同时还继承竹内好的思路，进行了鲁迅思想的研究。

这一时期取得了很多成果，也为后来的研究打开了思路。比如尾上兼英关于鲁迅与尼采的研究。他还提出了一个问题，就是《阿Q正传》里有一句话："仿佛思想里有鬼似的。"那么鲁迅所谈的"鬼"到底是什么？也就是说，推动鲁迅写作《阿Q正传》的力量到底是什么？在这些思路里，与尼采的关系方面，是伊藤虎丸展开了更详细的研究。"鬼"的方面，是由木山英雄研究了《阿Q正传》，后来丸尾常喜继承了这一学术系统，加以全面展开。

同时，东大的"鲁迅研究会"要跟竹内好的鲁迅形象对抗。1962年，木山英雄写了《〈野草〉主体构建的逻辑及其方法》，我们简称为木山先生的"《野草》论"，算是战后第一代研究者里面最有成绩、最有深度的一篇文章。按照现在的眼光来说，我们认为他已经基本上克服了竹内好的《鲁迅》的问题。他全面否定了竹内好《鲁迅》的主要内容——北京黑暗时期的"回心"论，并且塑造了自己的比较有说服力的鲁迅精神形象。这篇文章也成了战后鲁迅研究的纪念碑，到现在为止还没有人否定或者超越。

70年代到80年代，涌现出了战后第二代研究者，有山田敬三、片山智行、北冈正子、中岛长文、丸尾常喜、阿部兼也等。山田敬三是在关西文化圈里，头一次写出了鲁迅研究的专著，影响比较大。他想要挑战竹内好，但是总的来说不能说是成功了。山田相当多地接受了大陆的研究，放到日本的鲁迅研究里来试图塑造跟竹内好不同的鲁迅像。跟着出来的是片山智行，他本来是东京大学出身的，后来到了大阪大学。他的书是《鲁迅的现实主义》，也是自己的思考加上中国大陆的研究。在东京的学者，一般研究鲁迅生平的时候参考中国大陆的资料，研究鲁迅思想的时候则不大参考。可是在关西的几位研究者，包括北海道的一些研究者，都比较认同中国大陆的鲁迅研究。

特别值得一提的是，仙台的研究者和民间的人士组织了“鲁迅在仙台记录调查会”，他们的成果结集就是《鲁迅在仙台的记录》，非常踏实，找出了很多新的资料，使人大吃一惊。阿部兼也主导过这个工作。

更新一代研究者的代表有藤井省三、中井政喜、谷行博等。他们开始写文章是70年代末80年代初，出书在更后来。研究的特点是注重比较文学的观念，以鲁迅翻译的大量书籍为参考，分析鲁迅的作品。这个方法在过去也不是没有，但很少。东京、大阪、名古屋的三位学者，差不多同时开展了这一新的研究方法。藤井省三是对比俄罗斯·苏联文学和鲁迅小说，中井政喜研究鲁迅和厨川白村的关系，谷行博关注鲁迅早期的文言翻译。

六七十年代出版了好几本第一代研究者结集成果的书，如丸山升的、今村与志雄的、饭仓照平的、高田淳的、伊藤虎丸的，等等。八九十年代以来，出版了好几本第二代和第三代鲁迅研究者们的专著，比如山田敬三的、片山智行的、丸尾常喜的、中岛长文的，藤井省三的，等等。综合了以往的以鲁迅研究会为主线的成果作为自己的研究基础，并且有所开拓的，是鲁迅研究的集大成者丸尾常喜。他 70 年代末开始集中写出系列论文，描画出了北京时期以前的鲁迅精神面貌（现被翻译为《耻辱与恢复》，北京大学出版社 2009 年出版）。然后 1993 年出版的《"人"与"鬼"的纠葛》则是在继承前一段成果之后，开辟出来的新视野的研究，是和竹内好完全不同的新思路。

90 年代以后，对于鲁迅思想方面的研究来说，开辟新思路的研究不多，似乎没有特别值得提的。反而作品研究和翻译研究进展了很多。

薛羽：从战后研究史来看，“竹内鲁迅”确实是一个挥之不去的存在。作为一个高起点，后来者既要与他对抗，又难以摆脱他的影响。

尾崎文昭：回顾来看，竹内好的《鲁迅》由于写作时的客观环境，以及独特的文风，再加上复杂的思路，解读起来实在很困难。当时进行侵略战争的政府严格取缔抵抗政府的文字，所以措辞不能自在。同时让人感受到他的确抓到了鲁迅的秘密，虽然还是在一种模糊不清的状态里面。读者对竹内好的精神毅力赞叹不已。但是一进到竹内好的鲁迅世界，就往往会被迷惑，被包围，不容易从他思考的旋涡里摆脱出来，要超越它很困难。

五六十年代很多人要挑战或者要补充竹内好。一种是先全面掌握竹内好的鲁迅，继承并消化以后穿过其中，再进一步开展研究，这么做的有伊藤虎丸。我本人继承的就是伊藤虎丸的研究线索。另一种是接受以后努力另起炉灶，这么做的有丸山升、木山英雄以及丸尾常喜。他们在研究里慢慢依据由竹内好《鲁迅》所得到的启发走进了自己的思路，然后形成了自己的相当鲜明的鲁迅形象。还有相当多的学者查清和解决了竹内好遗留下的问题和没有能够谈清楚的地方，如与晚清思想的关系、日本和世界文学的影响作用、旧体诗的理解、中国小说史的证验，等等。这样到了 1990 年前后竹内好留下的问题几乎没有了，我在 1991 年写的《试论鲁迅“多疑”的思维方式》就是最后一个句号。

需要澄清的是竹内好战后的调整和这个调整对鲁迅研究的影响。竹内好的“回心”这个概念在战后用得很少，因为本身没有说明什么东西，是一个用错的概念、失败的概念。他战后重新阅读鲁迅，改变了看法。1947 年竹内好重新翻译《阿 Q 正传》的时候，才知道自己对鲁迅的了解是完全不够的，有的地方是错的。竹内好虽没有直接否定 1944 年《鲁迅》的基本思路，但是很多地方做了调整，开展了新的注重 1926 年前后变化的看法。这一点过去谈得很少。其实五六十年代的鲁迅研究者都继承了战后的竹内好，他们自己也可能没有意识到，而都说 1944 年的《鲁迅》如何如何，但是不大谈竹内好战后的调整，实际他们对此是实实在在继承了的。

战后研究里非常重要的一个因素来自对《写在〈坟〉后面》的理解。竹内好在《鲁迅》里面也提过，他说这篇文章特别重要，但是力不从心没法进行分析。

他在战后的《鲁迅入门》里分析得比较清楚。在这一思路里，实际上否定了过去的“回心”概念。1944 年，竹内好说只有一次“回心”，但他后来修正说，1926 年前后鲁迅的变化相当大。这也是现在以木山英雄和丸尾常喜为代表的日本鲁迅思想研究的共同认识，1926 年前后的变化也是根本性的变化，此变化决定了之后的鲁迅。《写在〈坟〉后面》的关键在于“中间物”意识，其实竹内好在 1948 年已经开始谈了，他没有用“中间物”这个词，但已经涉及了，并且谈得不错。后来在木山和丸尾那里得到了详细的展开。

二、精读作为方法

薛羽：日本的鲁迅研究跟中国的鲁迅研究不尽相同，无论是对史料的调查，还是对材源的追索，或是对概念的开掘，都给人留下深刻印象，颇多耳目一新的发现。您觉得这是否跟研究传统里特定的“方法”有关呢？

尾崎文昭：如果说是美国学术界那种所谓的“方法”，那是没有的。有特点的话，就是精读，并且慎重考虑文章的背景。比如要谈鲁迅30年代思想的时候，中国的学者常常引用鲁迅20年代的文章来作证。按照我们的思考来说是不科学的。因为20年代的前期、后期，跟鲁迅30年代的想法有相当大的变化，同时确有不变化的想法和思路，因此没有经过具体分析、不考虑这个变化来摘句作证，是不可靠的。鲁迅的特点在于，每一句话带着当时的环境，心理环境、生活环境，还有社会环境。用摘句的方法非常危险，比较慎重地考虑是日本研究的特点。丸山升先生写过不少文章，对我们启发很大。他说要理解鲁迅，不能光靠文字来分析，一定要放在鲁迅所过的活生生的现实里面来谈，每个词、每个说法都是有的放矢的，不了解这个“的”，就会理解错。所以我们特别不赞同像“鲁迅语录”那样的，脱离了当时的状况，把一些词摘出来谈的做法。如果是德国的哲学家可能可以，他们的思路和逻辑是封闭性的，说法本身有独立性，自己能够证明自己。可是鲁迅的说法是跟现实连在一起的，不能剥离了现实背景来引用句子本身，容易导致误解。

精读的特点就在于从外国人的眼光，一个字、一个词的意思都需要分析弄清到底是什么意思。这是外国学者的优点。这方面最花力气的是丸尾常喜。他去世之后，留下的稿子要整理出版，一部分是对鲁迅《呐喊》里几篇小说分析的记录。每个研究鲁迅的学者都想要看。我们看了他留下的手记，小本子里面把鲁迅的小说一页一页粘贴上，然后很多词都来查字典，写密密麻麻的笔记。不仅是动词、名词，还有各种虚词。他碰到好几个词在中国的权威性词典里是没法解释清楚的，后来找了吴语的专家来解释，才找到比较好的答案。过去鲁迅的小说里面，绍兴话的个别的词已经分析过了，但是有好几个说法，词的用法是需要放在吴语里来分析的。你注意过没有，中国现代汉语语法的学者分析鲁迅的小说，发现一个别人都不太注意的说法，如《阿Q正传》里的“看见王胡在那里赤着膊捉虱子”，“那里”也是吴语的“正在”的意思。鲁迅的写作是处在普通话没有规范的时候，他的词汇里面夹杂着古白话、浙江话、上海话、佛教词汇，具体分析是很难的。丸尾在生命最后的一两年里就是做这个研究，他的计划是把整个《呐喊》《彷徨》分析出来，但是最后只留下了三四篇小说的分析，很遗憾。

我们在翻译鲁迅的时候一定要解释，不然没法翻译。我们回避不了解释，但是中国的学者在阅读的时候很容易就带过去了，不会一个字、一个词来解释，一个句子、一段话能够读懂就可以了，但是每个词到底是什么意思，要问清楚的话，几乎所有的学者都回答不出来。丸尾常喜继承了“鲁迅研究会”的“精读”的特点，恐怕在日本学者里面他是最专心精读的人了。每一个字都要查，把过去忽略的问题都挖掘出来了。关于“难见真的人”，丸尾搜集了很多资料，一见中国学者就问，得到的回答都不一样，很多人也没有真正考虑过这个问题。另外，有人提过一个问题，就是《野草》里面有一篇文章《一觉》，到底是“一觉（jiào）”还是“一觉（jué）”，两者有什么区别，这是很值得分辨清楚的。个别词的意思怎么分析，留下了很多问题，中国学者恐怕有些没有注意到。

薛羽：这么细致甚至烦琐的分析，是否会有过于技术化、专业化的倾向呢？尤其是在这种研究方式缺乏与大问题的关联时，很容易陷进故纸堆或体制化的学术生产里。

尾崎文昭：这个情况是存在的，但应该分成两种情况来看，其实比较难处理。一种是，譬如北冈正子先生做的《摩罗诗力说》材源考察、鲁迅与弘文学院的关系，都是非常精细的、实证的工作，又是很严谨的，对了解鲁迅的思想很有帮助。她代表着日本的鲁迅研究强调精读和实证，强调资料的可靠性、分析的说服力这样的特点。另外一种是为了写出学术论文而寻找细小问题研究这种倾向，就很容易走向专业化和技术化。这跟日本学术研究的大环境也有关。比如日本的现代文学研究，关于夏目漱石，过去很多人写了书，已经没有余地再研究了。日本学术界的一个规范，是前人已经做过的不允许再做了，除了补充或推翻前人论点以外。因此要找更详细的、更具体的、更仔细的材料来研究。对于夏目漱石生活中所有的事情，他的家属关系、朋友交往，所有细小的东西，全部都拿来研究了。具体的研究对分析夏目漱石的小说有没有意义呢？有的也可能没有多大意义。可是要了解夏目漱石本人，还是不能说没有意义的。所以再怎么细小的、专业性的研究，也不能说没有学术上的意义。可是意义可能不大。不过，如果后来的研究者来用这个材料建构新的作家形象的话，就可算是有用。在鲁迅研究领域，既然前面的人做了很多工作，后来的人没法不做得专业化了。不能够一下子按照比前人还要大的框架来建构自己的鲁迅像。

薛羽：日本学者通过精读文本，开掘出了很多有意思的“概念”，譬如丸山升的“革命人”、伊藤虎丸的“终末论”、丸尾常喜的“鬼”等，推进和深化了鲁迅研究。从方法的意义上来说，这些概念的把握对研究思路产生了怎样的影响？

尾崎文昭：日本鲁迅研究确实有许多关键性的“概念”。丸山升最重要的概念是“革命人”，他用这个来克服和超越竹内好的“回心论”。伊藤虎丸的概念是“终末论”，以此来克服竹内好的“回心”。因为竹内好的“回心”不够准确，或者说不正确，所以伊藤对它完全消化之后再向前推进，两者有很密切的关系。伊藤虎丸提出“终末论”的时候，其实已经消释掉“回心论”了。他的中文翻译书在中国大陆出版之后有一些反应，最近又出版了《鲁迅与终末论》，看起来很多人还是不太能理解。伊藤虎丸的“终末论”跟刘小枫在80年代末的一些看法，《拯救与逍遥》里的一些看法，其实是相当类似的。他在一篇《再论“鲁迅与终末论”》的文章里写得很清楚，“终末论”是尊重个人的自由，要人活的想法。我所说的鲁迅“多疑”的思维方式，就是继承伊藤先生的思路，然后对于竹内好的“文学的本觉”、伊藤虎丸的“终末论”，从另外的角度来展开论述。所以，反过来说，包括我在内，还算是在竹内好设计的框架里面展开研究的，虽然这个框架已经消释了、吃掉了。在竹内好框架外面展开的，是丸尾常喜的“鬼”的概念，完全摆脱了竹内好的思维，开拓出了新的领域。他通过大传统和小传统里的两个“鬼”来分析鲁迅。这跟过去不一样，过去谈反封建的鲁迅，只看到大传统的“鬼”、士大夫的“鬼”，现在丸尾也谈小传统的、民间的“鬼”，鲁迅所谓“女吊”的世界，以此来分析鲁迅的思想、鲁迅的小说。过去中国大陆也没有注意，现在似乎开始谈了，用这个概念来进行分析的时候，我觉得非常好用。

这些概念，不是从鲁迅外面拿来套上的概念，而是鲁迅思想里面提炼出的核心要点。你能够自己寻找出这些概念，那你可以说是成功地形成了自己的鲁迅形象。

日本鲁迅研究比较缺乏的是对30年代的鲁迅、杂文家的鲁迅的分析。因为研究的出发点是竹内好的《鲁迅》，后来的学者对抗也好，超越也好，补充也好，都是跟着竹内好走的。竹内好主要关注的是北京时期鲁迅的思想，认为鲁迅思想的根子在这里。后来的人也主要是研究日本时期和北京时期，受到了竹内好的制约，一般没有走到上海时期，除了丸山升以外。晚期的竹内好翻译了鲁迅的杂文，加强了对杂文家鲁迅的分析。但是没有写多少评论，虽然他后来对鲁迅杂文的评价越来越高了。很有可能他认为他的《鲁迅入门》已经基本上解决了这方面的基本问题。

如果按照发展竹内好思路的木山英雄、丸尾常喜所分析的鲁迅思想进程，说到《写在〈坟〉后面》就可以了，30 年代的鲁迅已经在这个逻辑里能够说明了。虽然不谈 30 年代，几乎就跟谈了一样。鲁迅的心情和认同逻辑已经解决了过去的困惑和矛盾，走进了新的生活，走进了 30 年代的战斗的生活。他之所以能够走到 30 年代，是 1926 年、1927 年已经准备好了的。30 年代，鲁迅的精神上没有崩溃，没有精神危机和变化。1926 年以前是非常危险的一个阶段，之后没有多少变化，所以不必多谈了。如果按照他们的思路会是这样的。但总的来说，应该还有余地深入进展。

三、思想、心情和记忆：鲁迅在日本社会

薛羽：日本学院里有鲁迅研究，文化界有以鲁迅为话题的评论和创作。而像韩国抗议运动中，有以鲁迅作为思想资源的；中国台湾的陈映真在特殊的历史氛围中接触鲁迅，类似的情况日本社会也有。这些在“状况”之中对鲁迅的阅读和接受，是跟“运动”或者说“行动”连接在一起的。如何来理解日本鲁迅研究史、接受史背后的思想动力和现实关怀呢？

尾崎文昭：这个问题，应该基本上先把学术界与社会层面分开讲，自然如谈到学术界的背景又会有共同点。同时应该把时期分开谈。60年代以前和70年代以后，尤其是90年代以后很不一样。这个不同主要是社会变化使然。五六十年代知识分子的政治参与意识一般很高。如前面介绍的那样，东大学生组织的“鲁迅研究会”也是因强烈的政治参与意识而组成的。他们所反对的是“左派”政治人士用简单的实用主义来利用鲁迅的做法。他们要在鲁迅那里寻找出真正的革命精神。他们每个人，一面思考自己的人生，一面研究鲁迅，一面参与社会运动。因此他们对鲁迅的思考，

是和研究者本人的生存意识关联的。这个侧面也可以说是继承了竹内好相对鲁迅的角度。

50 年代的知识分子特别爱看鲁迅，竹内好介绍的鲁迅。我推测大概过半的大学生认真地读过鲁迅。文化人士谈到鲁迅也很多。这个情况后面再讲。但到了六七十年代，社会气候很大程度上改变了。一方面日本经济开始高速发展，每个人忙于处理自己的事情，并对每年提高的收入感到满足，对经济大国化的日本感到骄傲。就这样政治参与意识慢慢下降了，除了反对美军侵略越南的感情以外。还有中国的“文化大革命”，一部分年轻人对此表示高度认同，但对社会的大部分人来说，损害了他们对新中国的 50 年代以来形成的敬意，他们开始脱离中国，自然包括对鲁迅和毛泽东的敬爱。但 80 年代还好，两国邦交正常化相当程度上恢复了对中国的敬爱。社会上的比较良好的意识恢复了一段，包括对侵略战争的反省。可是碰上 80 年代末东欧、苏联的解体，又遭遇了经济泡沫崩溃，90 年代整个日本的社会意识明显右转，“左派”几乎失掉了自己的立脚点和社会基础。

依据这些社会变化背景，80 年代以后学院里攻读中国现代文学和鲁迅的学生也有了变化。一般来说，政治参与意识明显淡化，做研究也是作为专业来研究，为了找工作来研究，与自己的人生选择几乎没什么关系了。这个倾向在 90 年代以后尤其明显。一篇谈论鲁迅的文章，过去能感受到作者的人生、作者的情感，八九十年代几乎就感受不到了。70 年代以前的学者，把对自己人生的思考、在社会上的处境的思考，跟鲁迅研究产生了一个张力。这是从竹内好那里学来的很好的传统，八九十年代以后几乎就没有了，除了个别的人以外。

如果谈作为思想资源的鲁迅，也要看学院之外。50 年代社会上对鲁迅的评论相当多。但是不了解战后日本的政治情况，就不大好理解五六十年代鲁迅在日本的接受状况，这方面可以参看约翰·道尔的《拥抱战败》。对于战后日本文化人对鲁迅的接受，丸山升先生写过很好的文章，里面有一段话很有意思："竹内塑造的这种鲁迅像，之所以在战后不久的日本具有巨大的影响力，便是因为很多日本人开始回顾给日本带来那场战争的'近代'究竟是什么，认真思考未能阻止那场战争的弱点是什么。而反过来，则对经过那场战争而作为新中国再生的中国抱有惊叹和敬意。竹内的鲁迅像正是这样抓住了这些日本人的心。"然后他说：

“人们将占领军视为日本人民自由和独立的压迫者。日本人民第一次体验到‘被压迫民族’的悲哀。也就是在这个时期，描写中国人民对日本军国主义的抵抗的小说，读起来和法国抵抗运动小说一样具有共鸣。关于鲁迅，戒能通孝所说的话，颇能传达当时的空气：‘最近我读鲁迅小说，感到非常之有趣。这实在是令人为难的事。……鲁迅写的是中国。那中国是在与我们的社会不同的地方。……但现在却完全不同了。……评论的语言从前是他人的语言，但现在却正变成我们自己想说的话。……日本完全变成了鲁迅笔下的中国了。’”他的意思是，美军占领的50年代的日本，相当于30年代的上海，鲁迅在上海所说的内容，反封建、反帝国主义，完全可以套用在我们这里，我们就是要反封建、反帝国主义。所以50年代接受鲁迅的情况，学院里是挑战竹内好；社会上，竹内好的鲁迅翻译产生很大的影响，好多文化人士接受了竹内好翻译的鲁迅的小说、杂文。作为政治威望的毛泽东、文化威望的鲁迅，两个形象的影响非常大。

当时大学文科学生估计有超过一半以上是读鲁迅的，书店的畅销书，爱读的对象，一个是萨特，一个是鲁迅。当时培养出来的大学生，后来成了学者或者出版社的骨干，他们编辑日本的国文教科书的时候，就采用了竹内好翻译的鲁迅小说。主要是50年代培养出的认同鲁迅的心情，成了学术界、教育界、出版界的遗产。这个遗产大概在80年代用完了。

50年代到60年代前期，还有一个社会现象。有些日本共产党下属的出版社，翻译了中国的革命小说，丁玲、柳青等作家的作品，非常畅销，卖得很好。当时日本共产党跟中国共产党关系很密切，日本共产党非常积极地推动中国革命小说的传播。对比现在来说，虽然中国的小说也出版了一些，可是卖得很不好，情况完全不一样了。1965年以前的文化界，主要是大学里面的，对新中国的崇敬和敬意非常浓厚，对毛泽东的敬意非常强烈，对鲁迅的接受也非常深入。

另外，五六十年代还可以参考的是竹内好组织的"鲁迅友之会"。竹内好在筑摩书房出版了《鲁迅作品集》，主要是小说。书里面放了读者反馈卡，通过这个卡片来组织读者聚会。读者也通过书信，表达自己阅读的感受和想法。所以通过《鲁迅之友会会报》上的文章，可以了解当时的人们是怎么来读鲁迅的。这个如果作为研究的题目是相当有意思的。从中国大陆过来进行研究的人里面，对鲁迅与日本作家的关系研究做得也不少，出了好几本书，可是成绩不是很理想。“日本人民接受鲁迅的历史”这个问题非常有意思，但是没有人注意过。参考《鲁迅之友会会报》可以了解当时的年轻读者，不是精英，也不是学院派，而是一般的年轻人接受的情况。就像自己的人生遇到困惑和困难的时候，要找专家来诉说自己的苦恼，然后受到启发，接受治疗一样。因为竹内好塑造的鲁迅形象，主要是一个苦恼的鲁迅，从苦恼里面摆脱出来的鲁迅，跟自己的黑暗、自己的绝望来战斗的鲁迅，所以读者通过这样的一个鲁迅来思考自己的人生。

要谈文化界里面接受鲁迅的情况，除了前面介绍的丸山先生文章里面有名的文化人的反应以外，还得介绍尾崎秀树。他的哥哥尾崎秀实是认识鲁迅的。尾崎秀树 60 年代初写了一本书——《与鲁迅对话》。他的思路后来丸山升先生批评得很厉害。主要在于尾崎对鲁迅的理解是套用了日本文学者的情感和思路，就是说留学生鲁迅在东京的政治活动里失败后心里有挫折感，于是逃到仙台，逃到文学里去了。丸山先生批评说这是对鲁迅的误读。应该按照鲁迅当时的思想状况来研究鲁迅，不能随便用日本文学者的习惯情感和观念套在鲁迅身上。尾崎的书确实有这个缺点，但是表达很真实，反映了当时的日本文化人在战后对战争的反省。他们觉得自己没有有效地反对过战争和侵略中国，并且别无选择地参与了一些活动，感到很内疚，所以看到竹内好的《鲁迅》非常感动。过去一般的日本文化人都对传统中国文化敬佩得很，但看不起现代中国，自己失败了以后，才认识了竹内好所揭示的鲁迅。同时，1949 年中国大陆发生了很重要的变化，毛泽东领导的中国共产党赶走了蒋介石的国民党，统治了整个中国。这一变化对当时日本知识分子的影响非常大，过去认为现代中国没有什么文化，没有志气和力量，现在突然成了这么伟大、强有力的存在，不仅是军事的力量，而且代表了中国人的志气、中国人的精神。所以日本的文化人士一部分开始在反省自己过去的同时崇拜新中国，他们自然而然地接受了鲁迅和毛泽东的伟大形象。文化界出现了好几个评论家谈论鲁迅的现象，代表性的有尾崎秀树，还有花田清辉。花田是一个马克思主义文艺理论家，特别尊重苏联未来派等先锋派，他喜欢鲁迅尤其是《故事新编》。他认为《故事新编》是能够代表 20 世纪的世界性杰作。后来，从革命文艺的观点关心鲁迅的也有几个人。其中有竹内芳郎，他本来是搞法国文学的，是研究萨特的专家。他从法国文学的观点来解释鲁迅。他所关心的是文学、文化与革命，承担文化的知识分子怎样才能参与革命。他不满足于过去马克思主义的说法，按照萨特的思路、鲁迅的思路，想要重新创造一些文化人与革命的关系。他的书在社会上，在“左派”中有过一些影响。

文化界里面值得一提的还有搞戏剧的人，他们写了有关鲁迅的戏剧。比如霜川远志在 1977 年出了一本《戏曲·鲁迅传》，也上演过。井上厦以鲁迅为主人公，写过《上海的月亮》。宫本研写过《阿 Q 外传》，等等。主要是 70 年代及其文化的余绪。有意思的是最近两年又演出了两部有关鲁迅的话剧，也可能是受到中国大陆的左翼情绪的影响。

薛羽：这很有意思，鲁迅在战后日本可以从不同的角度被人们阅读和接受。文化人把他作为抵抗的资源，普通人把他作为人生解惑的指导者，是一个很丰富的存在。不管是中国还是日本，普通人最先都是通过课堂、课本来接触、阅读鲁迅的，这对鲁迅的普及和形象的塑造有很大影响。

尾崎文昭：是的，战后各个出版社出版的初中的国文课本，都采用了鲁迅的作品，主要是《故乡》。每隔三五年来重新编辑的课本，从没缺少过鲁迅。这给新一代的日本人介绍了鲁迅，对鲁迅的接受起了很大作用。为什么会把鲁迅编进课本呢？主要的原因在于编辑人员都是在50年代度过了青年时代，他们当时受到过鲁迅深刻的影响，就像人生指南一样。他们编辑的课本里，外国人的文章很少，但宁可不登英美作家的作品，也要登鲁迅的作品，他们觉得给孩子们介绍鲁迅是有意义的。但八九十年代以后，当老师的就比较困惑，他们是更后一代出生的人，没有经历过50年代的鲁迅热，自己没有接触过鲁迅作品，讲课也非常困难。现在中国大陆的老师也是这样，自己没有经历过旧时代、旧中国，也不了解旧中国。给现在的孩子讲课，非得讲鲁迅作品的背景，都是几十年以前的事情，自己都弄不清楚，课就不怎么好讲，孩子们也不接受，讲课非常困难。现在上我的课的本科生，二十来岁，十年前他们在上中学，对鲁迅几乎没有记忆。三十多个人，知道鲁迅名字的人不到三分之一。课本里有鲁迅，但是上课的时候，很多老师很可能就跳过去，不教了。就算教，也可能是轻率地带过去，没有给学生留下印象。造成这一现象的原因是整个日本社会的变化，60 年代以前的社会，战败的记忆还比较浓厚，60 年代以来开始了经济的高速发展，70 年代以后发展到了相当的程度，也办了奥运会、世博会。整个日本的 70 年代，社会发生了巨大的变化。过去以农村为主的社会结构变成了以城市为主的社会结构，跟着文化上也完全改变了。70 年代以后长大的年轻人根本不能了解 60 年代以前的事情。

60 年代以前鲁迅的影响相当大，出版社也愿意出书，销售也不算差。80 年代以后就不行了，分水岭是 1984 年到 1986 年《鲁迅全集》的出版，算是日本知识分子以热情来接受鲁迅的时代的结束。1981 年中国出版了《鲁迅全集》，然后日本以这个为底本进行翻译，所有的鲁迅研究者都参与其中，过去的研究成果都反映到了译文里，反映到了译者的注释里，可以说是鲁迅接受史上的一个纪念碑。

薛羽：不过，这样大部头的全集恐怕是学术界内部的事情吧，因为每一册都很贵，普通人也不会通过全集来阅读鲁迅。

尾崎文昭：普通人恐怕是不买的，但社会上还有一定的反应，满足了一些上了年纪的人的要求。当时三十多岁以下的人不大有反应，年纪大的有反应，很欢迎。虽然卖得不怎么好，但算是一个社会性的事件，并且大学和高中的图书馆以及各地公共图书馆几乎都买过。之后对鲁迅的关心就慢慢下降了，90 年代就几乎买不到鲁迅的小说了，书店里面没有卖的。过去有好几种版本和文库本，80 年代还能够随便买到，但 90 年代以后，除了个别情况之外就没有卖的了，也就是说没有人买了。

对竹内好也是这样，竹内好去世后的二十多年里，几乎没有人谈过，没有人回忆过。随着竹内好在日本文化界的消失，鲁迅也消失了。近几年，对竹内好的关心比过去多了一点儿，出了三四本书，也连带着稍微提高了对鲁迅的关心。另外，过去尼采在 20 世纪前半段到 60 年代以前，对日本的年轻人影响非常大，后来谈论得也不多，现在也恢复了一点儿。整个日本面临对战后六十年的反思，对过去完全信任现代化开始产生怀疑。怀疑有两个方面，一种是后现代主义，一种是要重新关心和肯定 60 年代的文化。丸山真男在 90 年代没人研究，没人说，看不起，但在 70 年代以前是文化界的最大偶像，是一个理想。可在这五六年，也有一部分人开始重新思考丸山真男了。这说明文化潮流是会变化的，虽然关心的角度有所改变。所以说，鲁迅形象在日本的重新出现也未必没有可能。

后记

还是在 1996 年，由于陈平原老师的推荐，受日本学术振兴会的资助，由平田昌司先生邀请，我第一次以共同研究者的身份在日本京都大学访学三个月，其间一直感受到日本学人对中国学者的热情。而这种热情在我回国前夕受邀到东京大学访问的过程中，在尾崎文昭和西川优子老师那里感受得最深。此前其实并没见过尾崎和西川老师，不过一直听闻自己的师友谈及这对学术伉俪对中国，对他们留学的母校北京大学以及对中国同行的深厚情谊。我到东京之后，尾崎老师通过当时正在东京大学讲学的北京大学中文系的同事刘勇强兄约我见面，花了一整天的时间亲自陪我参观东京的江户博物馆。请我吃过午饭之后，又带我参观东大的东洋文化研究所，最后把我带到了 30 年代文学研究会的讲座现场。我深深感受到尾崎老师的以诚相待和善解人意。与他交往，始终有一种如沐春风的温暖感。此后我又认识了尾崎老师的夫人西川老师，在她身上感受同样的温暖的同时，也格外感受着西川老师的爽朗。回国后，耳边经常回响着两位老师，尤其是西川老师爽朗的笑声。

以后经常与自己的老师和朋友谈及对尾崎和西川老师的美好印象，他们都感同身受。前一段时间，读到了复旦大学的严锋教授的文章《我认识的日本左翼人士》，里面对尾崎和西川老师的叙述更是于我心有戚戚焉：

> 再说一位日本的“左派”，尾崎文昭先生。这是我最敬佩的日本人。这人好到难以形容的程度，认识他的人都会知道我这不是夸张和矫情。他年轻时是东大学生运动领袖，就是《挪威的森林》和张承志写过的学生暴动，并因此坐了几年牢。但是他非常温和文雅有情趣，绝对看不出任何愤青的影子。对朋友极端热心和关怀，非常真心。
>
> 我从前刚到东京的时候，尾崎先生就是无微

不至地关心，把家具都从自己家里搬过来，再在我宿舍帮我组装好。但是他不是那种虚假的或无原则的滥好人，有什么他认为不对的，都会指出来。比如有一次我在电车上说话声音很响，他就提醒我说在公共场所不应该太大声。如果是一起吃饭，特别是请中国来的客人的时候，尾崎先生也会让我分摊一部分钱。但我知道那是一小部分，一方面尊重我的自尊心，另一方面又不要让我负担太重。我回国的时候，尾崎先生把他的一套很不错的HIFI音响送给我。为了不让我过意不去，他特意说，主要是想升级，如果不把旧的处理掉，太太就不让买新的。他又去买了一副森海的HD590耳机送给我。当时也要2000多人民币了。为人真诚而不图感恩回报，可见一斑。

我结婚的时候，尾崎先生和太太专程赶来上海参加婚礼。他们带来两只大箱子，真的很大，里面是无比精致的人偶。

严锋的这一“这是我最敬佩的日本人，这人好到难以形容的程度”的说法也同样道出了我们的心声。

2003年到2005年，我在日本神户大学讲学两年，在 2004 年底，尾崎老师邀请我赴东大的东洋文化研究所做讲座，我和陈晓兰一起与尾崎和西川老师有了更多的交往，席间听两位老师谈及自己在东京读中文的岁月、留学北大的生活以及此后与中国学界的来往，堪称丰富多彩、妙趣横生。当时就隐约地感到，两位老师在北大留学的时光以及与中国朋友的情谊，如果有机会写成回忆录，应该是一份非常宝贵的历史记录。没有想到，时光过了十几年，这一为两位老师整理口述实录的工作竟然由我和陈晓兰完成，实在是深感高兴和荣幸。

2017 年 2 月 11 日和 12 日，我们在东京的尾崎和西川老师家里进行了两个下午的采访。两位老师记忆力惊人，向我们娓娓讲述了过往岁月中的人与事，温情而风趣，还展示了大量珍贵照片和资料供我们拍照。在采访以及回京后整理录音稿的过程中，我们始终为两位老师丰富的人生经历以及他们参与其中的历史深深吸引和打动。初稿完成后，两位老师又从忙碌的工作研究中抽出大量时间，对全书内容逐字逐句地进行细致修订，这也让我们非常敬佩和感动。

由于尾崎和西川老师是一起接受的采访，很多故事和细节也都是两位老师一起提供和完善的，有别于一般传记单一传主的独白体。因此，为了更真实准确地呈现口头讲述的原始的状态，也使本书呈现出更生动的现场感，同时也更吻合于本丛书口述实录的体例，本书的整理决定采取两位老师的对话体。

我们在整理口述实录的过程中，深切地感受到尾崎和西川老师与中国学人之间所建立的深厚的友情。他们的中国留学生涯以及此后与中国学界的交往，前后四十余载的中国情缘，为中日两国的汉语界和文学研究界架设了深度沟通和彼此理解的桥梁，在促进中日两国学术交流与增进两国学人友谊方面起到了弥足珍贵的作用。同时他们与中国的因缘际会，与中日各界友好人士直接和间接的关联，也构成了两国之间民间友谊的忠实见证。尾崎先生的学术研究也深刻介入了 80 年代以降的中国现当代文学与文化研究，他的中国文学研究成就、对中国现代文化与思想历程的关切，也必将持久地保留在中国学人的历史记忆中。

再说几句题外话，我们因为在韩国也曾经任教一年，所以经常喜欢比较中、日、韩三国的社会和知识分子。我们感觉，韩国学者很有斗争精神，由于民主化历程和争取民主的斗争所带来的活力还没有耗尽，所以他们关怀社会现实的批判能力在今天仍很鲜明。

他们的民族主义在一定的历史时间里也是有活力的思想资源，虽然这种民族主义和中国一样有时会很狭隘，是有问题的，需要反省。而在日本，我们感觉有点像福山说的那样："历史终结了。"历史和社会的可能性因此也不大容易看到了，生活是一种完全理想化的生活。对现实处境有所自觉的日本学者，就像中国同行那样，对制度、对现实充满一种无力感，不知道怎样实践和反抗。"个人"在日本这样一个高度发达、秩序极度稳定的社会，想有所作为，想从思想和制度上对社会加以改造，几乎是很难的。现代统治管理的日常化和体制化，使个体越来越陷于被约束、被规范的境地。无形和有形的规训全方位地吞噬个体的空间与时间，福柯的预言越来越成为现实。我 2003 年第二次到日本后，发现七年过去了，在社会生活层面，日本的变化很少。除了大学要实行独立法人化之外，其他好像没有什么变化。这是一个中国人当年梦寐以求的富足、稳定、有秩序的社会，但是历史的目标和前进的动力会不会也减弱了？思想的活力在哪里？我想找的就是这种思想的活力，我觉得在尾崎先生的文章中找到了，在他个人的性格和活动中也找到了。尾崎先生给我一种生机勃勃的感觉，特别有感染力，和他在一起聊天很兴奋，我觉得从他那里看到了日本知识分子的问题意识和对原理的追求。孙歌先生所翻译的藤田省三先生的文章《竹内好》中有这样一段话："一个接一个失掉定点的日本变得越来越不可靠。我们的交友社会也越发寂寞了。"我觉得尾崎先生的学术正是寻找"定点"和可靠性的学术。而且有尾崎和西川先生存在，我们的"交友社会"就永远不会寂寞。

最后感谢北京大学国际合作部的陈峦明先生对我们的信任，给了我们这个值得珍视的机会。他的真诚、负责、周到和耐心也使我们感到由衷的温暖。还要感谢责任编辑李冶威先生同样的耐心以及认真细致的工作，也感谢薛羽先生慷慨允诺把他整理发表的《战后日本鲁迅研究——尾崎文昭教授访谈》一文收入本书。

吴晓东

2017 年 12 月